1187年の西行

旅の終わりに

工藤正廣

未知谷
Publisher Michitani

1187年の西行
旅の終わりに
目次

引用歌の行末に示す数字は岩波文庫版『西行全歌集』の通し番号であり、直上の略号は「山」山家集、「西」西行法師家集、「裳」御裳濯河歌合、「宮」宮河歌合、「撰」上記以外からの採用を意味します。（編集部）

登場人物

西行（一一一八〜一一九〇）　西行は雅号、法名・円位。西行上人として知られる。
　北面の武士であった佐藤義清が出家遁世して、歌人西行となる。
俊成（一一一四〜一二〇四）　藤原俊成　法名・釈阿。第七勅撰集「千載和歌集」を
　撰進。当時の歌壇の第一人者。
定家（一一六二〜一二四一）藤原定家　俊成の二男。公卿歌人　勅撰和歌集「新古今
　集」撰進。歌論「近代秀歌」。十八歳から七十四歳までの日記「明月記」。
慈円（一一五五〜一二二五）　のちに天台宗の最高位天台座主　関白九条兼実の弟。
　史書「愚管抄」、歌集「拾玉集」。
藤原秀衡（一一二二?〜一一八七）　奥州藤原氏第三代当主。

嵯峨山　晩年の西行が住んだ嵯峨野の庵の世話人、猟師
慈欋　慈円座主の若い近侍僧
秋篠　慈欋の友　茶を栽培（江口神崎の遊女を母とする）
吉野　秋篠の新妻
了塵和尚　西行の高野山時代の心友
幽谷亭主と老媼　西行最晩年にこもった秘湯の翁夫妻

西行の母（九条葉室家のゆかり）
西行の祖父（佐藤季清）、外祖父（源清経）
西行の旧妻子（尼になった妻と娘）
西行の子息（隆聖）
西行の甥（佐藤基清）
江口の遊女・妙

一一八七年の西行　旅の終わりに

西行最晩年の三年（一一八七年から、弘川寺で入滅する一一九〇年二月まで）

文治三（一一八七）年
西行は古稀の七十歳
前年の秋に平泉への長途の旅から帰り
今は京の嵯峨野の草庵にあって
愈々老いを癒しつつあった
春を迎え
夏が過ぎ
秋が来て
そして冬になる――
つもる思い出のあわれ愈々深まりゆきて

1章　冬の西行

1

やがて否応なく嵯峨野の山里に冬がやってきた。老いた西行はただ一人、庵の御堂の室で、ただ夢でも見ているとでもいうように坐っていた。しとねに横になると過ぎ去った時が川のように流れていて、岸辺がどこか見えなかった。確かな岸辺につかまろうとでもするように、またどれくらいの時間が過ぎたのか、雪の降る音がして起き上がり、火桶に炭をくべたした。

冬の光が淡く差し込んでいる。夢の中で、会いたい人が訪ねて来て道に迷ったのではないかと、自分は雪沓をはき里山の棚田のあぜ道に出てみると、その人の歩いた足跡がついている。それを自分はたどりながら、そのひとがどなただったか分かっている気がしていた。ずっと若くして病んで亡くなった西住上人であろうか。さらにたどっていくと、その足跡は鹿の足跡にかわり、そこに兎の足跡が横切っていた。西行にとって西住は自分が出家遁世するさいの導きの兄のような歌の友であった。どれほど彼とともに、わたしは回国修行の旅をともにしたことだったか。西に住む、という法名は彼らしかった。名門貴族に生まれながら、何ゆえに出家遁世したものかわたしにはすぐには分からなかった。むろん妻帯しているのだから京の屋敷には妻子がいた。旅に出ては、また妻子のもとに帰って行った。その西住が、どうしてわたしのこもっているこの嵯峨野の庵が分かったのだろうか。来世からはすべてあきらかに見えているのか。わたしもこのような年になってみると、あとは先へと進む道もなし、できることはわたしの川をさかのぼることだけなのか。

西行はいっときの夢から覚め、火桶により、手をあぶり、傍らの経机にある自分の山家集の綴じ本をとりとめなく開いて見た。

おお、そういえば冬の歌もずいぶん多く詠んだことだったが、冬がめぐるごとに、どうしても同じような歌の情景になるのは否めない。その情景によせる心がややちがうにしても、まるでちがうというようなことはない。冬の自然の景色や万物は、ただわたしの心を映してくれるよすがなのだ。

時雨も、霜も、どれほど詠んだことだったか。そう言えば、つい昨日までは、時雨が繰り返し、繰り返しやって来ては、冬の心の支度をするようにと告げていったではないか。わたしは時雨が好きなのだ。自分がまるで時雨だとでもいうように。

そして母屋の猟師殿はこの御堂にも秋に刈り取ってあつめておいた葦を編んで、庵のまわりに巻きめぐらしてくれた。柴垣の脇の山桜の老木には、念入りに莚《むしろ》が着せられた。ただ一人きりでいるときの西行はまるで別人のようだった。なにものとも本質の知られない、在るのか無いのかも、過ぎ行く者なのか過ぎ行かざる者なのかも定かでない時間の中で、漢字の何らかの偏になってそこにあるだけのように感じられるのだった。その旁《つくり》が何なのか分からない。

或る時は、わたしは初しぐれであった。山家を囲う柞《ははそ》の柴の色さえいとしく思う時雨であった。そしてわたしは時雨となって山をめぐり、だんだんに里へとおりてきたものだった。寝覚めする人の心をわびしくおもわせるかなしい音であった。

西行は寒さ凌ぎに重い僧衣を両肩に羽織り、山家集のあちこちをそれとなくさまよっていた。たしか源平大乱の終焉にさいしてこのように編んだはずだが、これだけでは足りない。しかしいまのわたしは、起請文を書いて、歌を断つことを神仏に誓った。新作を詠むな。頁の歌に触れながら西行は若い慈櫂《じかい》のおもいがけない提案のことを思ってみた。わたしの一生のゆくたてが見えるような新たな歌の編成が必要だと彼は言いはなして、比叡山にすっとんで帰っていったが、ひょっとしたら慈円座主もそう願っているのかな。歌は眼前にじつに多く一千首もあるが、そこからわたし自身の一生が具体的に見えないというのだから、あれには参った。余白が多すぎるとも。しかし、その余白を思うことが、歌を聞くことではないのか。わたしの個人的な生《い》きの姿、生きの証がないとでもいうのだろうか。

わたしとしてはわたし自身のすべてがあるというように思って来たが、ひょっとしたらそうでないのかも知れない。

わたしはわたし自身を歌わなかった。わたしは心のみを歌った。しかしあの若い慈糶などは、わたしの人生を知りたがっているようだ。そんなことはたかがしれていように、しかし、そうは思わないのだ。もっとある、もっと何かがある、秘密がある、そうとでも思っているのだろうか。

嵯峨野の冬の日は、しだいに淡雪になり、雪景色になり、時間は静かに静かに何事もないように過ぎて行く。そのようにして西行はどれだけの冬ごもりを旅先であれ、みずからの庵、あるいは僧房、あるいは貸し庵ですごしたことだろうか。

西行は自分の歌を読み返しながら、過ぎ去った日々の、あれはいつどこでだれとの旅だったか、時の記憶と場所の記憶が溶けあって区別がつかなくなるように思いながら、口ずさんだ。


たゆみつゝ橇の早緒《はやを》も付けなくに積もりにけりな越《こし》の白雪　山529

あれは北陸道だったか越路越えのとき、あれは一人旅、回国修行だったけれども、油断して馬曳きが橇を曳かせる綱をつけないでいてあれは参ったことだった。越の国の雪の白かったことよ。

おお、これは、いつどこでだったか、おぼえがかすんでいるのだが、京から丹波にぬける峠越えだったか。

降る雪にしをりし柴も埋もれて思はぬ山に冬籠りぬる　山530

一寸先も見えないほどの降雪で、もし迷ったらと思って山道の木の小枝をめじるしにと折って進んだものの、沢を一つ間違うたか見知らぬ山で冬ごもりとなった。里山ならまだしも杣夫《そまふ》の山小屋。炭焼きの小屋だから助かった。それから吹雪がつづき、三日は世話になったが、丹波に抜けるのはあきらめて京に戻った。この歌は、もっともっと若かったときの歌だ。こうしてみると、歌はみながみな時系列で並べたわけではない。冬の雑にまとめたので、冬の歌がここにこのように並んでいる。これがわたしの経験したすべての冬なのだ。それぞれの一首はわたしの旅の出来事のほんの一瞬をとどめたに過ぎない。この歌の余白にどのような出会いや挿話があったか、歌はそれを詠むことができない。それが三十一文字《みそひともじ》の秘密なのだ。だから、あの若い慈櫂には、じぶんで余白をうめてくれと言いたいものだ。

雪埋《うづ》む園《その》の呉竹折れ伏してねぐら求むる村雀《むらすずめ》哉　山535

おお、これは思い出が深い。そうだ、これは待賢門院《たいけんもんいん》堀河の歌を思ってのことだった。堀河はもうこの世ではない。かのうるわしきお方は、降る雪の重さでなよ竹が曲がってしまったので、隣とのへだてがない、と歌っていた。まるで降り積もる雪のおかげで朝になってみると、人の心のへだてがないとでもいうように聞こえる。さすがに高貴な女房のおくゆかしさ。それにたいしてわたしの歌は、群がる冬雀たちの騒がしきことよ。ここでわたしはまるで戯《たわむ》れ歌のようではないか。わたしは歌にどうしても動きを求める。比喩《たとえ》が飛翔しにくいのだ。武門に生まれた者の性質なのだろう。

それよりも、なんという歳月か、こうして読み返すと、わたしのこの冬の、村雀の一首は、わたしが出家したばかりのとき、鳥羽上皇の后、待賢門院璋子《たまこ》が出家し、おつきの女房堀河も落飾《らくしょく》して尼となったのだったか。わたしはまだ二十五歳だった。鳥羽上皇が崇徳《すとく》天皇を近衛《このえ》天皇に譲位させたのだったが、なんともいわれない血族の心の怨念か。崇徳天皇は待賢門院の子であるのだが、鳥羽上皇は、白河法皇と璋子とのあいだの子という疑いゆえに、鳥羽上皇は美福門院《びふくもんいん》に産ませた子である近衛を崇徳にかわって天皇にしたのだから、待賢門院は出家するほかないことだったではないか。

それから三年もたたずにだったか、わたしが歌枕を訪ねてみちのくの旅に出て、夏に帰京したその八月に、待賢門院はお亡くなりになった。そうだ、北面の武士であった頃、むろんわたしは待賢門院后のお声さえ聞くことはできないのは当然であったが、おりにつけ待賢門院は今様《いまよう》を口ずさんでおられるということを聞き及んでいた。これがわたしにはことのほか嬉しかった。というのもわたしの母の父が大垣からつれてきて連れ添った目井《めい》という今様の名手、この目井がつれてきた養女の乙前《おとまえ》が、やがて後白河法皇の今様の師匠となって宮中に一室をもらって一生を終えることになったからだ。この乙前に今様を厳しく仕込んだのが、わたしの母の父、つまりわたしの祖父なのだから、奇しき縁とでも言おうか。この養女乙前に今様を厳しく仕込むに際して、この数寄《すき》人であるわが祖父は、乙前にこう言って諭したと母がわたしに聞かせてくれたので、いまも覚えている。女はいずれ老いてどなたからも声もかからなくなるが、芸だけは老いないのだから、励むのだよと。

西行はこの冬の一日にほとんど忘れていたような人事の細部を思い出していたのだった。歌が誘い出したのだ。

西行は、この冬の一日、過ぎし日の自歌をこうしてひもときながら、庵の中にいて、ただ一人で、過ぎてしまった数々の冬の景色に溶け込んでいた。今この歳ではこうは詠めまい。時がある限り対象の景色はありつづけ、いくら詠んでも限《きり》がないのだからだ。

それから西行は別の歌を見た。舟中霰《あられ》という題がついている。

瀬戸渡る棚《たな》無し小舟《をぶね》心せよ　あられ乱るゝしまき横切る　山544

いやいや、これは忘れもしない。保元の乱が起こって、崇徳上皇が敗れた。わたしは仁和寺北院に潜む崇徳上皇のもとにはせ参じた。忘れるものではない。保元の乱の夏わたしは三十九歳だった。崇徳上皇のもとにはせ参じたがわたしはなんの力にもなれなかった。すでにわたしは高野山に入って庵に籠っていた。出家僧であり、もはや武門ではなかった。崇徳院はただちに讃岐の国に配流された。

それから十四年が過ぎ去った、わたしはもう五十一歳だった。

ついに気がかりであった崇徳院の怨霊鎮定のためにとわたしは讃岐の白峰への旅に出た。この一冬は善通寺に庵を結び過ごした。この歌は、讃岐へと小舟で渡るときの歌だ。十月の瀬戸の海だ。しまきとは激しく吹きつのる烈風、これに霰《あられ》が乱れ飛ぶ。ああ、そうだ、シ、と言うは、もっともふるいことばで、風のことだった。わたしはいうまでもなく難波の海、伊勢の海、熊野の海、あるいは越後の海、丹波の海も回国修行で知ってはいるが、瀬戸の海は初めてといってよかった。若き日に恩義ある崇徳天皇の死後の怨霊を鎮めたいとようやく五十の年になって、わたしは瀬戸の海を渡った。わたしにとって、この海が、わたしの海やまの、海の俤《おもかげ》になった。それがやがてのちの伊勢の海へとつながっていく。

いま嵯峨野の冬の日のいっとき、火桶のまえに身を寄せながら、過ぎ去った歌から、瀬戸の海を眼の前に見ている気がした。

それから、いきなり、鞍馬山の奥で冬ごもりしたときの歌が並んでいたので、西行は、これは困ったというふうに笑みを浮かべた。あれは苦労した、えらいことだった。

わりなしや氷る懸樋《かけひ》の水ゆゑに思ひ捨ててし春の待たるゝ　山571

ははは、これは出家して一年、腰が据わらず、鞍馬の奥に籠った冬だったが、樋の水が凍って水が来ない。これには困った。世を遁れたと見栄を切ってはいたものの、都の暮しになれた身には、この冬はきつかった。あきらめて春を待つしかなかった。まことに、この世は、わりなしや、であると思ったものの、樋の水が凍ったくらいでわたしはこうであった。しかし内心では、若かったからこれさえもいま読み返すと、戯れ歌のおもむきなしとしない。

西行は立ち上がり、庭を眺めた。ふたたび雪が降りだしている。

あの若い機敏な慈欋が言ったように、これを人生に沿って並べ替え、しかも、歌の始まりにさかのぼるようにというのだから、これは厄介だ。あらたに見えてくるものがあるだろうか。

土間でばたばたと雪をはたく音がし、冷たい風が流れ込んだ。山からもどった猟師の嵯《さ》峨《が》山《やま》の声だった。

2

初雪は小止みなく降っている。西行は古き歌集を繰るのをやめ、庵の観音開きの小窓に倚って雪ひらの舞うさまをしばし眺めた。

初しぐれならば、まだしも山家を囲っている楢の柴の赤き葉の色でさえ慕わしく思われて濡らし、その慕わしく思う冷たい雨の寂しさも自分の心のように感じるが、さて、この初雪は里山も棚田も、この庭もみな白く覆い、さながら白麻の寿衣のようだ。この経帷子《きょうかたびら》に真言が書かれている。それはわたしが書いたのではなくこの自然そのものだとすべきだろう。

いよいよこの七十回目の冬は、この嵯峨野の庵で春を待つことになるが、これが最後の冬になろうともおかしくはなかろう。

そしてこの夕べになって南都から急ぎの使いの僧が庵を訪ねて来て、平泉の藤原秀衡《ひでひら》殿が卆去《そっきょ》なさったという訃報をもたらし、また急ぎ帰り去った。

西行は息をのんだものの、いさぎよく受け入れるほかない報せだった。そうであったか、あれから一年ともたなかったかと西行は経机に向かった。思い出すことばかりだった。あれもこれもと思いが初雪のように心を白く覆ってゆく。

しばらく瞑目してのち西行は秀衡公の来世を思い長い経をそらんじた。それがどれくらい続いたのか自分でも分からなかった。一瞬のことのようでもあり、また終夜祈禱を誦したようにも思われた。経は無心のうちに川の流れのようにどこまでも下っていった。そしてつい昨夏、平泉の屋敷での再会の様がつい昨日のように眼前に見えた。

秀衡公のすこしくぐもって陸奥《むつ》の訛りが身についたことばはあたたかいものだった。もともとは藤原北家だから、わたしと同じ流れで、京の武人の家門であったのだ。おひさしゅうとかっぷくがよくでっぷりと肥えた秀衡公がわたしをむかえた。

平重衡《しげひら》総大将によって焼かれた東大寺大仏の復興の勧進にわたしが長途の旅を果たして来たのは、すでに秀衡公の耳に逐一届けられていたのだった。おお、待っていましたぞと秀衡公は手を合わせた。四万両の勧進金については一にも二にもなく快諾された。鎌倉頼《より》朝《とも》公からは摂関家への貢金や馬の送りについては必ず鎌倉を介して伝送してもらいたいとの執拗な求めに、秀衡公は穏便にすますべく承諾していたからだった。

　さあ、西行上人、あなたと再会は何年ぶりということになるがですかなし、と秀衡公は言った。西行は答えた。あれはわたしが二十七の冬十月でしたから、してわたしは当年で六十九歳ですから、まあ、ざっと四十二年ぶりでしょうか。まるで去年のことのようだ。まさにその通りに思います。

　となればわたしは当年六十四歳ということか、あはは、わたしはこの通り美食のせいであろうか、まあ酒豪のせいもあろうが、このように太って病を養っている身だが、西行殿はお若い。いいでがんす、考えてもみてくだされ。このみちのく往復というと三千里はありますぞ。いかにあなたが鉄脚だとて踏破して来られるなんて尋常ではありません。

　西行はにっこり笑った。まあ、大仏復興の勧進だけが主ではありません。わたしもこの年にいたって、もう一度あなたにお会いしたくなった。別に言えば、わたしらの若き日に再会したく思うたのです。それはこの大事業を請け負った高野山の重源《ちょうげん》殿から頼まれたとはいえ、ただ沙金の勧進ゆえにではありません。むろん、平重衡殿が南都の僧に手を焼いて焼き討ちしたのですが、今やそれを命じた入道清盛《きよもり》殿もすでに薨去《こうきょ》されたし、平家は壇ノ浦に散り、いまや鎌倉殿が幕府政権を強めるべく各地に御家人地頭《じとう》を送り込み、支配を強めています。そうですよ、ここだけの話ですが、紀伊国の紀ノ川にあるわたしの実家の荘園は、わたしが出家遁世を敢行したばっかりにすぐの弟仲清《なかきよ》があとをつぎ、そしていまはわたしの甥の二人が粘り強く鎌倉方と対峙しているとは言え、紀ノ川の所領とてこの先はないものと思います。弟の仲清は平氏全盛のうしろだてで荘園を守り抜いて来たのですが。

わたしだって若き日、北面の武士であったときは、清盛殿とはもちろん格は違いますが、同僚だったわけでしたから、のちにわたしが高野山に庵を結びし頃は、高野山領の荘園の相論《そうろん》が生じて、清盛入道殿に書簡を送り、ただちに決着をいただいたこともありました。

……………………

雪も止み西行は思い出していた。

向かい合った秀衡公が身を乗り出して。そうそう、あなたが初度のみちのく入りした際に詠んだ歌を、わたしはもうとっくに都から写本で手に入れて詠みましたよ。たしか山家集。懐かしい思いでした。嬉しかった。まるで当時の自分の姿が思い出されるようで。わたしは二十三歳だった、まだ家督を継いでおらなかった。自ずと武門ですから否応なしに父基衡《もとひら》の後をつがなければならぬ身だった。その重責に悩みました。それがあのときあなたに会って、うらやましくてならなかった。あなたは憂いに沈んではおられても生き生きし自由だった。わたしと同じ年で、突如として北面の武士を打ち捨てて、出家遁世したという噂はもちろん平泉まで届いていた。そのあなたにゆくりなく初めてお会いしたのですからね。

西行はそう言ったときの秀衡公の顔が若返るような一瞬だったのを思いだしていた。眼の下の隈が分厚くて、頬の肉が重そうに垂れていたが、思慮深い眼の柔和な輝きはあの四十数年前と少しも変わらなかった。武人と言うよりは真の台密《たいみつ》の円熟した高僧の趣があった。そして秀衡公がその一首をそらんじてみせた。

とりわきて心もしみて冴えぞわたる衣河みにきたる今日しも　山1131

いまあらためてこの歳月の果てに来た身のわたしがこの歌をそらんじてみると、まざまざと過ぎ去った時の水が、止まっているように思います。わたしはこのみちのくの国土の困難な経営をつつがなく成就させて今にいたったが、このあなたの初度のみちのくの旅において、まさにこの地で、この衣河《ころもがわ》で詠まれた一首が、歳月の形見とも思われて胸に迫るかに思うのです。

どうです、この、衣河みにきたる、二十七歳のあなたは、古来われらが防衛線でもあり国境でもある水深き衣河を、ただ見たというのではなく、身に着たる、というふうに掛詞にしておられるので、そこにわたしはしびれるんでがんす。あの頃のわたし自身の心境が映し出されているように思います。あのころわたしは、氷りつく衣河を鎧のごとく身につけて武者震いしている心境だったのですから。まんず、あなただってあの頃は同じだったのではなかったでしょうか。あのときわたしには初対面のあなたが、もちろん藤原北家の遠祖はおなじゅうするという親しみはあったけれど、あなたはよれよれの僧衣を纏《まと》いながらも、まだまだ出家僧とは見えず、なみはずれた武人の面影をありありと残していましたよ。わたしは、なるほど、北面の武士とはこのようなものかと驚かされました。というのも、面影はそうであっても、はっきりとではないまでも雅《みやび》の風があなたに吹いていました。あなたはまだ半身は、佐藤義清《のりきよ》だった。そうそう、数奇の趣といったらいいでしょう。わたしとて正室も、まわりも藤原摂関家すじの女房たちがつとめておりましたから、京女ごらの所作というか身のこなし、言葉づかいといった何とも説明しがたいもの、それがあなたの僧衣にさえも感じられました。

いま、四十数年ぶりで秀衡公の声に耳を傾けながら、西行は、そうであったかとまるで別人のような若かった自分が、惜しまれるように思った。

そうだ、忘れもしない、わたしはあの一首を詠むに際して、こんなふうに詞書《ことばがき》を思わず長く書きつけておくことになったが、あれはよほどのことだったのだ。まるで自分としたことが、思わず惜しみつつ日録とでもいうように詞書を添えておきたかったのはどういうことだったろうか。

十月十二日、平泉にまかり着きたりけるに、雪降り、あらし烈しく、ことのほかに荒れたりけり、いつしか衣河見まほしくて、まかり向ひて見けり、川の岸につきて衣河の城しまはしたることがら、やう変りて、ものを見る心地しけり、汀氷りてとりわき冴えければ

この自歌は忘れるものではなかった。いま西行は庵の火鉢に小手を翳しながら、あれはどういうことだったのかと詳しく思い出そうとしていたが、判然としなかった。

十月十二日か。わたしが歌の詞書にこのように明瞭な日付を入れるとは、後にも先にもこの歌だけだろう。平泉に着いた日は、激しい吹雪だった。わたしは春から夏、秋にとかけて旅に来て、みちのくに歌枕を訪ねながら北上した。あれは出羽から平泉へとぬけたのであったか。平泉に着き、中尊寺に参り、一冬僧房に宿りを得たのだったか、いや、そればかりではない、冬のあいだには雪を漕ぎつつ、衣河を渡り、たしかに、もっと奥地へと旅したと思うが、そこのところがまるで記憶にない、記憶がすっぽりとぬけおちている。

西行がこの空白の記憶ももどかしく、まるで真っ白い大地の経帷子《きょうかたびら》の上を歩くような気

持ちで、時間の空白になんの道しるべもなくぼんやりしていたところへ、土間に声がして、庵の式台にそっと夕餉のお膳がおかれる音に気がついた。棚田一枚分だけ上にある猟師の母屋から、嵯峨山が運んで来たのだった。もちろん西行はわずかな食事の煮炊きは自分でするのであるが、嵯峨山は折につけてひそかに遠慮深げにも届けてくれていた。この庵となっている茅葺屋根の御堂は、翼屋がついてあって、そこには竈《かまど》があり、柴も薪も、嵯峨野の奥山で焼いた炭俵もおいてあった。粥や雑炊につかう米は、紀ノ川の荘園所領から甥の能清《よしきよ》が送り届けてよこした。叔父西行上人としては荘園経営や今後の難題などに関して、おりにつけて相談が求められるのだった。

西行は立ち上がり、嵯峨山が届けて去ったそのお膳箱をかかげて室に戻った。火鉢には白湯がゆっくりと沸いている。

3

早い冬の日の夕べのうすあかりのなかで西行は寂しい孤食を摂った。冬の寂びた岩魚《いわな》の塩焼きは、歯にはこたえるので、湯漬けにして咀嚼した。やわらかい茸《きのこ》の漬物は美味だった。

それで、とふたたび西行は思い出に耽《ひた》った。耽ったというよりも、ここが、今が、亡き秀衡公との語らいの現場であるように、うつつに、はっきりと見え、また少し訛りの濃い声が親しみ深く聞こえる。

あなたは束稲《たばしね》山の香桜を覚えていますか。ああ、そうでがんしたね、あれはあなたが平泉を出て出羽まわりで帰国する前日だったか。まだ春は寒く、束稲のあの桜もまだつぼみもいいところだった。わたしは供の者たちを引き連れて、束稲山の桜並木の道で、流鏑馬の練習でした。あなたにも騎乗をすすめましたが、あなたは笑って固く辞退なさった。あれは可笑しかった。ほんとうは今にも飛び乗って、梓弓《あずさゆみ》をオッ立てるようにして疾駆しそうなお顔だった、あはは。まだまだ北面の武士の面影あり、未練ありともわたしは感じたんでがんしたが。わたしたちは、もちろん流鏑馬についてはあなたの遠祖、鎮守将軍藤原秀郷《ひでさと》流秘伝の流鏑馬については疾うに聞き及んでいたのですからね。あなたが紀ノ川の荘園領地で、検非違使尉で官を辞して領地に帰ったあなたの祖父季清《すえきよ》殿に流鏑馬他武術の一切を仕込まれたことも。

西行が答えた。思い出しました。そんなことがありましたね。束稲山の早春であった。しかし出家遁世した以上は、流鏑馬も刀剣もすべて捨てた身。からだはすべてを覚えていましたが。馬で死ぬる身ではないのです。お見受けしましたが、秀衡殿の流鏑馬は見事な雅でありましたよ。秀衡公はいかにも嬉しそうに笑った。若かった、若かった。弓も馬も、わたしの身と一心同体というような感じだった。

西行はその語らいの後、すぐ明日にでも平泉を発って、伊勢の庵にし残した仕事があるので、帰ります、と告げた。大仏復興の勧進が成就できたことに心から感謝します。この年では、生きてお会いすることもまた、これが最後でしょう。そう言って西行は胸が詰まった。

秀衡公も言った。来世がありましょうぞ。西行は言った。衣河……、わたしの一番始まりの歌、束稲山の早春の流鏑馬……

それからふっとつけ加えるように西行は、みちのくの途次、鎌倉に立ち寄り、頼朝公らと一晩語ったことを秀衡公に言った。秀衡公は、さりげなく、あい、もうとっくに聞き知っています。鎌倉の情報は逐一入って来ています。頼朝殿があなたに、歌のこと、流鏑馬のことを聞きただしたということでしょう。あなたは答えなさった。流鏑馬の秘伝はとっくに忘れてしまったと。それでも是非にというのならと、あなたは頼朝公とともに臨席している三浦殿その他の宿将を前にして、流鏑馬の雅の秘伝を披露したとね。そうでがんしょ、頼朝殿が流鏑馬の問いを発したその本心は、あなたの心の位置を知ろうとしたのでがんすな。歌についても訊かれたとのことだが、あなたは、歌はただ三十一文字《みそひともじ》にて詠むのみと答えたようだが、これは痛快です。頼朝公とて京育ち、歌もなかなかの詠み手と聞いていますが、まあ、けだし、あなたが一体何者なのかを知りたかったのでしょう。六十九歳の脚を引きずって、大仏復興の勧進だからとて、わざわざ三千里の旅をするには何かあるとね。しかし、わたしから言えば、西行殿、あなたにとってこのたびの勧進は、滅びた平家への思いやり、そして仏道への思いゆえに、と秀衡公が言うと、西行はそれを遮るように言った。いや、それよりも何よりも、わたしはあなたにこそ再会し、そして若き日の心の契り、今生のお別れをこそと願ったのです。互いに出家の身であればこそです。

いま西行は、この別れの夕べの秀衡公の姿をまざまざと思い浮かべていた。重い大きな体躯を、えいしょというように持ち上げ、立ちあがり、秀衡公が西行を抱きしめた。

西行は、秀衡公のその耳朶に、旅にあって詠んだ一首をくちずさんだ。

年たけて又越ゆべしと思きや命《いのち》成《な》りけり佐夜《さや》の中山

西113

4

秀衡公が卆去したという報せは何日も西行の心を去らなかった。冬の日は、西行が初めて猛吹雪の平泉に着いた日のように、雪が来たり、気まぐれに時雨が通って行き、また霜が来て、また小雪がちらつきながら、西行の庵の外を流れていった。

もう西行は新しい歌を詠まなかった。そのように起請し神仏に誓ったからだった。が、ことによったら、生まれでて来るならば、それが誓いを破るといったものでもあるまい。

そうだった、平泉を晩秋に発ち、ただただひたすら歩き、宿りを得て、秋風に後押しされるように歩き、伊勢を目指したのだった。一冬は伊勢の海で、七年間住みなれた小さな庵で、親しき人を募り新たな歌合《うたあわせ》を試みたかった。


その伊勢を引き払って、西行がこの嵯峨野の里山に庵を結んだのはこの春だった。この茅葺の古いお堂の庭には、家主のご先祖は琵琶湖の饗庭《あえば》村から運んで来たという桜の老木があった。

いま新しい冬が来て、西行はただ一人、これまでの山家集をひもとき、またそのあとの小さな編纂の歌集をも読み返しながら、とくに詞書を自分の人生のしおりとでもいうようにさらっていくのだった。

そしてある日、不意に軽く口をついて来た歌があった。朝の目覚めの悲しみに、なにげなく口に出て、寝床で懐紙に書きおいた。

願はくは花の下《した》にて春死なんそのきさらぎの望月の頃　山77

5

この一瞬、西行は、ああ、これでやっと、頓挫していた御裳濯河歌合《みもすそがわうたあわせ》三十六番の第七番の左歌ができたと思った。

西行はいくたびもそらんじてみた。ただ呼吸の一息となって思いが口をついたというに過ぎないが、わたしのたどりついた歌はそれでいいのだ。とくに技巧を凝らして作るのではなく、一息にまっすぐに詠む。それだけだったのではないか。言うなれば口に馴染んだ経文の一句のようにだ。とくに深遠な意味があるというでもない。つねづねわたしは伊勢でも富裕な財力をもち歌好きの荒木田氏一党の子弟にも、歌一首は仏像一体と思うようにと教えたつもりだ。ことばの仏像がどんなにちいさくとも、眼前にあって、光り輝けばいい。

歌とは、口から出る真の情であればいいのだ。

そうだ、そして軽みだ。あわれの調べだ。

西行は思わずこの生まれたての一首を、まるで今様の調べで歌うように舞うように声に出した。あはは、もしか後の世の人々がこの歌を読んで、これは西行の辞世の歌だと言うのではあるまいか。まあ、それもよし。桜狂いの西行上人だからさもありなんと思うだろうかな。しかし、この歌はまるで桜のはなびらのように軽い。そして、いまわたしが今様の調べで吟じてみると、それとない諧謔《おかしみ》が聞こえようか。辞世の歌ではあるまいぞ。わたしの夢なのだ。

それでふっと思いがけず西行は、亡き母のことを思い出した。ほとんど忘却の彼方とでも言うべきだったが、この歌の花が、母の心のようにさえ思いなされたのだった。わたしは一生かかって厖大な歌を詠んでそれを杖にもと旅を続けて来たが、おもしろいことに、血族の人々のことは一首とて詠まないで来てしまった。

西行は瞑目し、冬の風の音に耳を澄ました。猟師の嵯峨山が庵のまわりを囲ってくれた蘆編みの囲いの穂がかさこそと鳴っている。

母の恩愛を歌の舟にのせる力がまだこの年になっても不足しているのだ。父康清が近隣の荘園との押妨《おうぼう》の狼藉武闘の歳月に若くして亡くなった。病気がちの母が荘園経営を支えてくれた。もっとも、祖父季清がすでに検非違使尉を退任して所領に帰って来て支えてくれたのだったが。想い起こせ、西行。嫡男のおまえを十代の検非違使官人にと都へ送り出すために、母者は豊かな紀ノ川の田仲庄の財を傾けて、官人の成功《じょうごう》にと二度にわたって応募し、二度目にこそおまえは選ばれた。あのときの成功の費《つい》えは、たしか絹一万疋以上であったかと覚えている。つまり絹布四万反ということだ。祖父も母も、わたしをそのようにして兵衛尉《ひょうえのじょう》の官職を買い取ってくれた。わたしは十八歳だった。

いまわたしはその母の顔もはっきりと覚えていないような気がするのだが。ただ吉野の奥山に山桜を求めて分け入っていた頃は、母のお顔が見え、わたしを招いてくれているようだった。声は覚えがある。それは母が時として今様を低く歌っていたからだった。

わたしが北面の武士を捨てて、俄然出家遁世を決断したときは、その報せに母はほとんど失神したと弟仲清が言っていた。わたしは母を絶望させたが、母は許してくださった。そのときのことについて仲清が言っていたが、母は、自分の父を思い出させられたと笑っていたという。母の父つまりわたしの母方の祖父は、都でも当時有名な数奇人で、今様と言わず蹴鞠と言わず、芸能の数寄人だった。

わたしが出家遁世して、未来も見えずにやみくもに回国修行にあけくれていた年々に、母はみまかった。荘園所領の墓地に葬られた。わたしの数々の歌を知ることもなくみまかった。母からわたしが継いだのは、あるいは芸能の血であったのだろうか。

そして他方では、父方の祖父が、検非違使《けびいし》尉をつとめあげ官人を辞して所領に帰り、わたしの武人としての資質をたたきあげてくれた。流鏑馬がそのさいたるものだった。いまでも祖父季清の叱咤の声が耳に残る。わたしは広大な田畑のあぜ道で馬を疾駆させる。秋の収穫の稲の堆《にお》がならぶ。それに的が刺してある。祖父は畦道に立っている。わたしは疾駆する。たちまち迫る的にただちに弓をひくためには、もう弓をオッ立てていなければ間に合わない。しかもその所作が優雅でなくてはならない。いつ何時畦道に落馬して投げ出されるかも知れない。いのちがけだった。

西行はふと我に返った。

数百年もかかって開拓し所領として築きあげた荘園を、自分はあっさりと捨て去った。しかし、わたしのあとを継いだ仲清は、この兄をどこまでも援助してくれて今に至っている。

それなのにわたしは歌の一首とてみなについて詠んでいない。羞恥心ということか。いや、しかしわたしはわたしの多くの歌の中に、それとなく母の面影をも歌い秘めている気がする。

そうだ、たとえば待賢門院堀河の歌の上手などの女房の美しいさまを、わたしはやがて出家したあのお方たちに来世へと山越えて行く際のみちびきとなって、折に触れてその庵を訪ねたものだった。四十そこそこでみまかった母の面影さえわたしは重ね見ていたように思うがどうだろうか。鳥羽院の待賢門院璋子后《きさき》はちらともお会いできるようなお方ではないまでも、折につけ今様をお歌いになられていたと堀河女房から耳にして、それとなく母を連想したものだった。

西行の冬の一日はくれてしまった。寒さが忍び込んでくる。願はくは、か。いや、辞世の歌どころか、これは秘かなる戯れの晴れやかな歌か。そうつぶやき、小さな燭を灯し、経机にむかった。伊勢の二見が浦の冬は暖かだったな。伊勢湾の風が庵の松林に鳴る。ここ嵯峨野の里山は寒い。みちのくはもっと寒かった。あのときわたしは凍った衣河を身に着たように思った。西行よ、お前は若くて力が満ちていたではないか。

2章　老いつつも

1

　西行は竹馬の竹杖に頼りつつ一松《ひとつまつ》のそびえる崖岸《きりぎし》までゆっくり登って行った。一松の片腕はいつのときのことか落雷かもしくは虫食いのためか枯れて強風に折られたのだったろうか。そこまで棚田のあぜ道がつづいていた。雪はとけ、道は霜枯れた秋草がまだ青々とした唐草模様を編んでいる。葛の葉は濃い緑のまま地に這い、虎杖《いたどり》のおおきな葉群は黄にそまっている。まだ穂状花をあえがせている群れさえあった。

　道々西行は思っていた。一息一息とともに思念は生まれては消えた。ようやく御裳濯河《みもすそがわ》歌合の前書きも浄書も終わったのだ。あとは五条烏丸《からすまる》の屋敷にひさしく避難生活をしてしのぐ藤原俊成卿に送り届けるまでとなった。がっしりと石塔のようにびくともしない一松の赤黒い幹に背をもたせ、杖を前につき、西行は眼下右手遠くにしきつめられている都の絵柄をながめやった。たしかに京もわたしには遠いものになった。

陽ざしに小手を翳すまでもなかったが小手を翳《かざ》す所作をゆっくりとして、思った。たしかにわたしの十八歳からこのかた、あの洛中はわたしのすべての動きの円心にあった。京を起点にしてわたしは動いた。東山に、鞍馬に、あるいは遠く高野山に、吉野山に、というように漂泊の庵を結びつつも必ず京との往還はたやさなかった。わたしにはその距離こそが秘訣だったように思われる。幾多の数えきれない回国修行をしてもかならずや都《みやこ》の円心にもどってきてはまた遠のいた。

眼下はるかに京の都の墨色のくすぼれた景色をながめながら、一瞬のうちに自分の一生の地図といった絵がさっと浮かび去った。言ってみればそれは、京を三角形の頂点とした地誌だった。庵を結んだ吉野も高野山も、そして伊勢も、その範囲と言うのはいかに広大であろうとも、畿内の不思議な沃地と奥も知られない霊たちのひそみなす山岳地、わたしはその舞台で、熊野も、そして瀬戸の海も、四国讃岐《さぬき》も、ましてみちのくの奥三郡を北限として、いや近くは丹波、越路もだけれども歩きに歩いた。もう歩くのはいい。庵を結んでは沈潜しつつも、どうやらわたしには宴への思いが強く、人々の出会いと別れをこそもとめて、心があくがれだす性《さが》であった。わたしが高野山に庵を結んだのは、いやこれは原因ではあるまいが、高野を一つ山越せば、わたしの故郷の紀ノ川の所領がすぐ眼下だった。そしてはるかに海が見えた。わたしは紀ノ川の水によってはぐくまれ、そして高野を越えて京に上がり、そこで武人となり、そして五年を経ずして出家遁世して、突然世を遁れた。

背をもたせた一松《ひとつまつ》の幹は陽に暖められ、鎧の武人のようにびくともしなかった。遠くにのぞまれる京はしだいに輝きをましていた。あれは間一髪だった、と西行は思った。少し今様風に、一生幾何《いくばく》ならず　来世は近きにあり、と口をついて出た。あのとき北面の武士の華麗な境遇に未練があって決断していなかったら、早晩わたしは幾多の争乱に巻き込まれてとっくにこの世の人ではなくなっていたことだ。世を遁れて歌のことばを杖にすることでやっとここまで生き延びられたと言うべきだろう。

わたしの親しく知っている人々ももうほとんどこの世のひとではない。わたしは残された。残されたことの意味とは何か。追慕し、供養し、想い起こし、そしてせめてわたしの歌にその面影をとどめること。その歌こそが、この世をへだてた人々への返しなのだ。心深く契った人々を、その声をわたしはどうやってこの世に残すべきか。

西行は晴れた日のささやかな逍遥に心を慰めた。

知らないうちに雲が流れ、浮かび、日の下をただよい、さっと日が薄く陰り、やがてまた明るくなった。

ともあれ、自歌合《じかあわせ》も成就した。あとは五条烏丸の俊成卿へと届けやることのみだ。釈阿入道殿はさぞ驚くだろう。あの忙しく勤勉律儀頑固を絵にかいたような本朝歌壇の権威に、山家に棲む老西行が是非にもと判詞を願うのだから、これは厄介な円位殿だなあと口をすぼめるだろうが、わたしは俊成殿にこそ見ていただきたい。同世代の誼《よしみ》というわけではないが、せめてこの動乱の時代を同じくして生き抜いた一人として、わたしはこの歌合を判断していただきたい。もちろんわたしは貴族の歌ではないが、そしてまた俊成卿の基本とする歌論の幽玄の理念には合致するとは言われないまでも、わたしは堂上歌壇の歌にたいして、そうでない武人の出自の歌の姿をだしておきたい。

もっとも、ここでは、ことに新しき歌はなけれども、ここまで一生の自歌から選び抜いて、三十六番歌合にもと、左歌三十六首、対して右歌三十六首、合わせて七十二首。俊成殿の幽玄の歌論から言って、どのように勝の判詞がつくだろうか。まあ、引き分けの持《じ》の方が多かろうか。それでいいのだ。

西行は足元がすべらないように杖を前に出しながら、棚田のあぜ道を下った。そして愉快だというように笑みをほっと口に寄せた。西行は思い出したのだった。慈円座主の使いで比叡山の無動寺からあたふたと駆け込んで来た若い近侍僧の慈糴が言ったことが思い出された。なんでも俊成卿は十年がかりの新しい勅撰集、その千載和歌集の編纂もようやく終わり、あとは後白河院の御総覧を待つだけだそうですよ。で、わが師、慈円座主の歌もとられたもよう、おどろくなかれ、西行上人、あなたの歌も何と、十八首は採られたように聞き及びます。

西行は若い慈糴の満月のような笑顔を思い出していた。おやおや、まだこんな繁縷《はこべ》の花、ねじり花まで、この冬に生き残っているとは、そう言って西行はしばし足をとめて見下ろした。

なんともあの慈糴という慈円殿の若い僧は、なんでもまっすぐに言う。そしてわたしの歌が好きだと言う。歌壇主流の貴族の歌は、それは幽玄ですが、わたしには物足りなく思いますだと。

西行はまた歩き出した。猟師の大きな母屋が見え出し、自分の庵が小さな翼の小鳥のように光っている。あはは、あの慈糴にわたしが、これは誰にも内緒だがと釘をさしたうえで、御裳濯河歌合のことを言ったら、眼を丸くして喜んでいた。おお、伊勢神宮の内宮に奉納なされる歌合ですか。西行は言ってやった。神仏をおよろこびさせるのが歌の本意でしょう。慈糴は、ひーと音をあげたように叫んだ。

歌合というものは言うまでもなく誰か他の詠み手との対座というか、歌の戦いとでもいうものだが、これは、わたしの歌だけで構成するのだから、自歌合、という新発明です。西行はさらに慈糴に説明した。左歌は、山家客人《さんかかくじん》。右歌は、野径亭主《やけいていしゅ》。この名で両者が対決する。そして判者は、俊成殿。すると慈糴は、まことに痛快ですと言い放った。

ようやく西行は庵の柴垣まで着いた。庭の桜の老木の幹には莚がていねいに巻かれていた。そうだ、あの慈糴が来たときは、第七番の左歌だけが空白だった。

2

今日も日がな一日、庵に侘び居て山里の冬の低いひびきに耳を澄ませ、あるいは思い立って歌の反古の筥《はこ》から何かかにかを取り出してみるが、それとても詮無いことと思い、急に人恋しくなりもするが、よく考えてみると、わたしが恋しいのはいま現在に生きている人というよりも、そのお顔などもすぐに眼に浮かぶけれども、そういう人たちではなく、もうすでに卆《おわ》って、逝ってしまった人たちだった。つまりわたしもまた終わった者なのか。あなたはもう終わったのだ、という声で凩が庵の木戸を鳴らして駆け去って行く。

西行はささやかな書見をしていたが、自分の時代があっというまに過ぎ去り、逝き、華やかで悲惨な戦乱の野辺送りのようにわたしのなかを通って行く。わたしはむろん出家僧としてその葬列の証言者であった。戦乱に紛れることもなかったけれども、保元《ほうげん》の乱のときだけは、もう居ても立ってもおられず、敗れて仁和寺《にんなじ》北院に隠れておられた崇徳院のもとへはせ参じた。わたしは三十九だった。死ぬる覚悟があのときあったかどうか、しかしもう一夜にして乱のけりがつき、わたしは逃げ去るほかなかった。

あのときが、わたしのうちに残る武人の終焉だった。武門の栄華も滅びもみなその幻想は終わった。十年かかってわたしの残心は終わった。そして源平の合戦、その栄華と滅びとは、もしわたしが出家遁世せざりしならば間違いなくわたしの身に起こった栄華と滅びだったのだ。命成《いのちな》りけり一瞬の光芒であるわれらすべて。

岸辺のない歴史の川の向こう側で武門の栄華と滅びは蜃気楼のようであったではないか。わたしはもはや王権について幻想をもたなかった。しかしわたしはその王権と一つになった個々の人々との契りについては信をおいた。

火桶に炭をくべたした西行は思い出した。

あれは晩秋のことだったか、紀ノ川の所領の田仲の庄から甥の基清がゆくりなく訪ねて来た。折につけ連絡は怠らなかったものの、これは思いがけなかった。田仲の庄の相論の件で、急ぎ院庁に出張して来た帰途だというのだった。

訊くにつけ、もはや院庁では片付かないほどのさまになっているのが分かった。鎌倉が言うまでもなく九州までも守護地頭を送り出し、これまでの律令体制下の国司も、摂関家などの預かり所となっている荘園領主をもじわじわと圧迫して来ている。兄の能清がいまは当主だが、兄は武士団を結集しつつ鎌倉方の守護地頭と渡り合っているという。そうなろうことは火を見るより明らかだった。

叔父のわたしにはとくに助言できることもなかった。

基清はあのとき言った。叔父上、いや西行上人、そう言って笑った。わたしは兄とは別に、兄はあの気性ですから、最後まで鎌倉と対抗しながらでも生き延びようとするでしょう。もとより平家方の力を背に着て所領拡大して来たのですからね。それで、わたしとしては、今後は、鎌倉方へと乗り換えようかと思っています。鎌倉の御家人になってでも逃げ切る、生き延びる。それくらいの覚悟はあります。

西行は答えた。武門としてはそれもある。しかし、田仲の庄の藤原佐藤は、平氏との絆も浅からず、摂関家との縁も深い。鎌倉御家人になったとしても、頼朝殿の眼はある。よき手柄があったとしても多くは望めまい。

甥の基清はすがすがしい明眸《めいぼう》で笑った。嫡男の兄はあのまま、次男のわたしは新しい身の振り方を思います。そのあとで基清が西行に言ったことばが、いまの西行には忘れがたかった。

基清が笑みを湛えながら言ったのだった。円位上人、わが家からは調べてみると、なんと、二人もですよ、紀伊国でも著名な高僧が出ているんですね。驚きました。いいえ、わたしが言いたいのは、叔父上もまたわが家のそういう流れだったのかなと。円位上人がこのように出る、それは理由のあることだったたと。

このとき西行は改めて思い出された。これまで祖父からも聞いたことはなかった。武人一辺倒であったからだ。思えば、わたしのなかで流鏑馬の雅《みやび》の幻想も、保元の乱で終わったのだ。

ふたたび紀ノ川へ帰るとて、甥の基清は馬上の人となった。庭で供が一人待っていた。まさに甥は武人そのものだった。西行はもしかしてこれが基清に会う最後になろうかとも思った。その感傷もあってか西行はふとこう言っておこうかと思ったが、こらえた。わたしが死んだら田仲の庄の重代の墓に葬《ほうむ》れ、と。ただ佐藤義清として。

馬上の人となった甥は、西行にはまぶしかった。秋の紅葉が全山を染めていた。

それでは、叔父上、西行上人、さようなら。

そう言って甥は立ち去った。西行はあの甥に佐藤義清兵衛尉《ひょうえのじょう》、北面の武士となった若き日の自分を見ているように思い、目頭をおさえかねた。

3

今日もまた払暁から起き、身じまいをととのえ、朝の読経を終えた。

雪雲にようやく奥から日輪の矢が四方にさし始めたがここまで光の矢は届かない。厠は土間を通って、竈《かまど》のある角を折れてから引き戸を引き、裏庭に回ると、まだ枯れた蔦に絡まれて雪の中にひっそりと風に鳴っている。西行は雪沓《ゆきぐつ》で踏み跡をつけ、用をたしてから、また戻って来る。高野山の谷間の庵よりもはるかに明るい。雪上に兎の足跡があるし、烏らしい紅葉のようなひっかきあとがある。里山は静まり返っている。

冬の日の一日をいつものようにただ一人で始めるにあたって、何が一番始まりになるのか、読経がすむまでは分からない。

西行は室に戻り、経机にむかって坐した。そのとたんに昨夜の冬の月が思い出された。歌は断つと起請したのだから、冬の月の歌を詠んだところで、どうなろうか。皓々たるその冷たい光の美しさ、凄さは、歌をはるかに超えていて、ことばもこころも届かない。立ち上がり、火桶に埋み火の熾を掻きだし、炭をくべたした。灰は骨のように白かった。

火箸で灰をほろいながら、わたしは終わったのだ、わたしの時代もまたともに終わったのだ、戦いに生き残ったのは、わたし一人だけなのだ。

そう心に呟いた。埋み火は悲しかった。終わったというのにまだ生きているし、まだ一つ二つ、成就してからと願うのは愚かなことだ。しかしその愚かさを迷いと言うべきではあるまい。わたしはこの老残の身でこそ何を誰のためにどこへもたらすべきだろうか。

火桶にこぶりな鉄瓶をかけたので、白湯がすこしずつあたたまってきている。西行は湯ができるのを待った。

それにしても、わたしは一日として安息の一時をもったことがあっただろうか。庵を結べば結ぶで、やがて人恋しくなり、心があくがれだし、それは月や山桜だけのためではない。漂泊が習い性になったとでもいうように、回国修行という名で、わたしはただちに草鞋をはき、旅の身になった。

　わたしは客が庵を訪ね来るのを好み、人を待ち、それでも、それよりは人を自ら訪ね行くのが好きだった。相手が一人であれ、わたしは宴を求めて訪ねた。旅に出れば出たで、人々に会って、親しく語らうのが愉快でならなかった。これにはやんごとなき貴族であろうが庶民であろうが、つねに同じだった。貴族にはわたしもそのように成り、賤しくも見える海やまの常なる人々にはそのように成り、くらしのおもしろい話に耳を傾けるのが無上の喜びだった。その耳福のためにわたしの旅はあったようにも思われる。ひとびとの話にはその土地がまるごと映し出されているように思った。常なる人々はこのようにして一生をおえるのかと教えられた。わたしはそこから幾つも歌を詠んだ。そのわたしの歌は一人の海人であれば、百人の海人を、もし一人の山賤《やまがつ》であればまた百人のかれらの一生をのちに伝えられるように思った。

　白湯が湧いたところで西行は鉄瓶の柄を袖口でつかみ、茶碗にそそぎ一口だけすすった。

　今日はどうしても訪ねて来る客人が欲しいところだが、もう何日も何日も冬が深まるにつれてこの山里まで足をひきずって来るともがらはいない。それはそうだとも、もうみな来世に逝ってしまったのだから。しかし来てもらったら助かる。俊成殿へお届けする歌合はもうとっくに浄書がすんでいる。もし客人がふさわしい人であれば、安心してお届けを願うことができよう。

晴れてくれれば、もしやひとが来るかも分からない。西行は立ち上がって、雪雲の具合をたしかめに、室の釣り蔀《しとみ》のそばに立った。慈円座主の若い近侍のあの慈糴でも来てくれたならと思うのだったが、比叡からではあちらも琵琶湖のゆえに雪がたくさんだろう。

それにしても慈円座主は若い。まだ三十の声を聞いてはおらないだろう。さすがに今を時めく摂政関白の御舎弟だけのことはある。お困りであろうとこのまえは、とつぜんあの慈糴に料紙をもたせてよこされた。おかげで俊成殿に送り届ける歌合の美しい紙は間に合った。慈円座主は西行上人の歌がお好きなのです、と慈糴が言ったのも嬉しかった。老いて、終わった身としても、四十ほども若い世代の慈円座主が自分も歌詠みとしてそのように言っているというのは、どうにも嬉しいことだ。贈り物で、嬉しいのは、この奥出雲の漉《すき》和紙だ。冬の空のようだ。

白湯を飲んでしまうと西行はふっと孤独の中に入り込んだ。

脈絡もなく、そう言えば、俊成卿には伊勢から贈り物を届けたことがあった。浜木綿《はまゆう》の花だ。根っこごとだった。屋敷のお庭にもと。すぐに返しの歌が送られて来た。あ、伊勢から海の貝をさまざまに拾い集めて、贈ったこともあった。二見が浦の浜辺を逍遥しながら、あまりにも美しい貝が色とりどり形もまたさまざま。海の花とも思い袂に拾い集めた。

そして小箱につめてお贈りした。わたしとしては、久しく大病を養いつつ入道になり、家籠りの人となった俊成殿に伊勢の海の慰めを思いついたのだった。わたしの御裳濯河歌合一巻が届いたら、さぞびっくりすることだろう。伊勢の二見が浦のあの貝のことを思い出されようか。

いつの間にか土間の式台に届けられていた猟師の嵯峨山のお膳を室に運び、いつものように湯漬けにして胃に流し込んだ。

それから経机にむかった。手元の山家集や聞書集、そして西行法師歌集から、今は亡き人々を詠んだ歌をもういちど読み直してみようと思い立った。というのも、わたしのこれまでの漂泊の旅の歌の時系列がきちんと並んでいないことが分かったからだった。題詠中心もわるくないが、もう少し具体的な事実が欲しいように思われて来たからだった。歌を一首として、完璧なものとして孤立させるのもいいが、もう少し具体的な、その時の生《い》きの手触りといったものを、求めたくなったのだった。

ひょっとしたら、これが老いというものか。

西行はめくりながら、とくに詞書の長い歌でしばしば立ち止まった。するとそこから、その詞書から眼前にその歌の遠景というよりその後景がありありとよみがえるのを覚えた。

西行はわれながら改めて驚いた。逝きしひとたちを悼む哀悼歌がまるでわが旅のみちしるべのように立っている。

3章　色塵《しきじん》

1

薄く曇っていたがどこか小春日和のような気持ちのいい日だった。西行は常の日々と変わりなく、古き歌集をひもとき、読み繋いでいた。そして忘れていたわけでもないのに忘れ果てていたかと、ゆくりなく待賢門院璋子女院の薨去を悼む歌に眼がとまった。するとうちつづくように逝きし高貴なる方々のことが思い出され、それがみなすでに四十年余りも昔の歳月であるのに、つい昨日のように鮮やかに見え出した。

詞書には、待賢門院隠れさせおはしましにける、云々と記され、西行はあれはいつだったかと思いめぐらし、いや、あれはわたしが初度のみちのくの旅から、平泉で越年して、春になって帰国の途に着き、洛外の庵に着いたのは八月の末方であったはずだ。いうまでもなく院は徳大寺家の出のお方ゆえ、深い縁があるとはいえ、卑賤の身であればいうまでもなく弔いに参じるべくもなく、わたしはその喪のあける春の花が散る頃に、一首を詠み、女院の運命にもと手向けた。そしてそれを女院の女房である堀河の局にお送りした。
　あのときわたしは二十八歳ではなかったか。お顔も知らずお声も聞いたことなけれども、堀河の女房からはそれとなく聞き知っていたのだから、夢のように思われていたことだった。女院は四十五歳で、お隠れになられた。失意といえばそのとおりで、鳥羽天皇のお子をいくたりも生みつつその御子が崇徳天皇になられたものの、そうだわたしと同い年であったように覚えているが、鳥羽天皇は崇徳を排して美福門院の御子の近衛を天皇にすげ替え、崇徳天皇は若くして上皇となったものの、実権は鳥羽院に握られていた。わたしは北面の武士として伺候し、崇徳天皇にはなぜか気にいられた。それは歌の友ということもあったろうか。同年ということもあったか。または生母の待賢門院が徳大寺家の出であったこともあろうか。

　尋《たづ》ぬとも風のつてにも聞かじかし花と散りにし君が行へを　山779

　すると堀河が次の歌を返してよこした。

　吹く風の行へ知らするものならば花と散るにも遅れざらまし　山780

風が亡き女院の行方を知らすなら、わたしはそのあとを追うものを、というのだった。西行はしみじみと返しの歌を読んだ。あとを追いたいのはやまやまだが、女院はどこにいらっしゃるのか。

堀河はその三年前に出家した女院にしたがって出家していた、わたしはとくに堀河に心を寄せていた。若かったとはいえ、かけだしの出家僧としてわたしは堀河の導き手であった。

亡きあとはこのようにして生きるほかないではないか。

若かったわたしは堀河のことばから女院の姿や、今様を謡う声、そして若い崇徳天皇との親しみから、とでもいったように、高貴なる美しさを思い描いていたにちがいなかった。同時にわたしは自分の母を同じように重ね合わせていたのであったろうか。

女院がお隠れになって同時に出家された堀河や中納言の局、その妹の兵衛の局などと、若い出家僧のわたしは親しく交わった。この年長の出家した女房を思うにつけ、わたしはどうにかして心の安寧を願わずにはいられず、いかなお暮しかと案じ折にふれてあちこちとその庵に尋ね歩いた。

また歌をひろっていくうちに、堀河から届けられた歌が採られていて、それは、

この世にて語らひおかんほとゝぎす死出の山路のしるべともなれ　山750

とあるではないか。いや、覚えている。わたしは次のように返しを送ったのだったから、忘れもしない。

ほとゝぎす鳴く〳〵こそは語らはめ死出の山路に君しかゝらば　山751

そうだった、あのときわたしの切なる思いは、わたしがほととぎすとなって死出の山路を越えるみちびきとなりますよ、というような恋心でさえあっただろうか。

西行はふと山家集を閉じた。これは雅の遊びではありえない。巷間に色好みと言うけれども、心の色なのだ。

これまで自分は運命によって高貴な女房たちが出家して、高野の麓の天野に庵を結び、生涯を終えるのをみていた。あるいはまた都へ帰る尼たちもいた。

西行は立ち上がり、庵の室の開けた釣り蔀《しとみ》から庭を眺めた。

それとなく心にこみあげてくる懐かしくもある清らかな水の肌ざわりがした。

それこそ、西行の心の中で、生き続けている思いだった。口では言わないが、心の声がささやいていた。それよりも何よりも、おゝ、尼になった妻と娘は息災だろうか。みちのくの勧進の旅から帰ってからも、何の音《おと》ずれもしていなかった。つつがなく生きていることだけはたしかだ。甥の基清が途中天野に立ち寄り、尼様に会いましたと言っていたではないか。

勝手気ままに出家遁世して妻子をうっちゃって自分の歌の数奇と旅に明け暮れ、都にあっては堀河の女房たちとの交わりで、みちびきを行っている。出家して天野に住んだ妻と娘のこと。わたしはこのもっとも近くの隣人をよそにして、他をたすけるに奔走していたのではないか。

どのようにも癒せぬ悔いが残る。いや、わたしがいちばん信頼しているから、わたしがかたわらにいようがいまいが、大丈夫なのだ。

西行は思い出した。最後に天野に立ち寄ったのはいつだったか。伊勢の七年間のいつだったか。妻も娘も、わたしのことを出家した前夫ではなく、西行と言う歌の旅人に思っているのだ。

そう思い出しているとき、庵の木戸で声がした。その声は読経できたえられたよい声だとすぐに分かった。これは佳き折に客人だったと思った。一日でも早く、歌合一巻を釈阿入道に届けたい。ついでがあれば、客人に頼むこともできよう。

円位上人はおられようか、という大きな声が響いた。

2

西行が土間に出てみると蓑笠の僧形が一人、ばたばた雪をほろい、おお、幾夏幾冬お久しくありましたと顔をあげ、蓑をぬぎ、菅笠をとると、眼に涙を浮かべていたのだった。知らないあいだに春の綿雪のようなやわらかく優しい雪ひらが盛んに舞っていた。西行は思わず、おお、おお、了塵《りょうじん》和尚ではありませんかと声を出し両手を曳くようにして客僧を室に招き入れた。

矢継ぎ早に西行の声がひびいた。風の噂にも聞いていましたが、生きておられたとは、おお、かれこれ十年、またたくまに過ぎ去った。いやはや、わたしはこのように生きていましたよ。東寺本山に所用があって、瀬戸の海の大崎から出て参ったのです。長旅はさすがに身にぞこたえました。円位上人、あなたが嵯峨野に庵を結ばれていると聞き及び矢もたてもたまらず探してまいりました。

二人は経机と火桶をはさんで対座した。

大河のような流れの十年であったかと二人とも同時に言った。

了塵和尚がしわくちゃな手を炭火にかざしながら言った。円位上人、あなたが蓮花乗院を高野山内の東別所から壇上に移建されたあの大事業。高野山大会堂の勧進と造営は、あなたならではの偉業だった。あのときわたしも馳せ参じましたが、わたしはもう六十五、あなたは六十歳だった。あのころの山内の抗争はすさまじい荒廃でありましたね。

そうだった、そうでしたね、と西行は答えた。本寺金剛峯寺《こんごうぶじ》方と末寺大伝法院方との抗争は武力衝突にいたり、大伝法院方の僧が数百人は追放され、少なくも二百余の僧房は打ち壊された。わたしとて高野山に庵を結び三十年も近くになっていました。いや、わたしは夥しい数の僧たち、念仏集団の聖たちとも距離をたもちながら籠らせていただいていたが、あの抗争の直後でしたね、わたしはこの世の抗争のごときに一指も触れまいと思うてきたものの、さすがに我慢できなくなったのです。

蓮花乗院の御堂はもともと、鳥羽法皇の寵愛を得て女房春日局がお生みになられた五辻院頌子様のお二人が発願して高野山内に建てられた仏堂。

了塵和尚が、そうでしたね、と引き取った。わたしがあなたの勧進の大事業に馳せ参じたのは、その蓮花乗院をただ春日局が頌子様の病気平癒祈願の仏堂を、ただに個人のための仏道ではなく、本寺方、末寺方、その双方が親しく議論し問答をかわす場として、高野山大会堂として壇上へと移築造営するといった破天荒な構想を実現なさったということ。その構想のよってくるところの理念に心底打たれたからでした。あなたの獅子奮迅の勧進事業、造営事業の取り仕切りその他その他、あれにはだれしも驚きを禁じえず、みなが一致してあなたに馳せ参じることになった。高野山の僧房の多くの僧たちは、円位上人はあまり仏道に深く入らずに歌をのみ詠む変わり者というように思っていたのですから、それが突如としてこのように立ち上がったのですから驚いた。清盛入道の栄華の絶頂期にあたるでしょうか。俗世がそのようなときに、あなたは高野山で大きな飛躍がなされるべき先駆者となったのです。

西行は答えた。いや、それほどのことではないまでも、齢六十にあたって、わたしはほとんど初めてのようにあのような現実の行動に打って出たように思います。春日局殿からはなぜでしょうか、篤い信頼をよせていただいていたので、そのことがわたしを突き動かしたともいえるかもわかりません。大会堂の造営はなったものの、そのあとの運営などは厖大な費《つい》えがかかる。それを春日局殿はご自分の荘園の寄進まで西行に任せるというのですから。そうでしたね、わたしは六十にしてあのときは美しい夢を見ていた。毎年の夏安《げあん》居《ご》の五十日間、本寺と末寺の二つの衆僧が一堂に会して、問答を行い研究を深める。双方の僧だけでもゆうに千人は越えます、これが集まる。わたしの夢においては、これぞ仏道のこの世における宴であったのです。

了塵和尚が言った。しかし、あの双方のすさまじい武力抗争と、敗れた末寺方の僧数百もが悪僧として追放された直後のことでしたから、円位上人とは、一体何者なのかと、山内の衆僧はみな異様に思ったのです。しかし、わたしにはすぐにあなたの思いのよってくるところが分かるように思ったのです。あなたの紀伊国紀ノ川の田仲の庄、その佐藤から高野山中興の祖である明算《めいざん》和尚が出ていたではありませんか。円位上人、あのときあなたには一族のご先祖である明算上人が忽然と姿を顕したのではありませんか。いや、こうも言えるでしょう。無意識裡にであれ、あなたは明算上人を想起なさった。

さあ、どうでしょうか。西行は老いた了塵和尚の懐かしい顔をみつめて言った。

あなたもあの頃は若かった。わたしは六十で、あなたは六十五で確固たる信望のある方だった。末寺方の悪僧として本寺方から追放されることなく、あなたはあのときはわたしの勧進と造営にどれほど尽力してくれたことか。そう、たしかにあなたの仰る通りであったかもわからない。思えば、わたしがいったいどうして突然に出家遁世して、ゆくゆくに高野山に三十年も棲みつくことになったのか。たしかに重代の武門から変わり種のように出て、醍醐寺で修行の果てに、高野山中院で高野山中興の祖となった明算和尚ですが、あのお方は経営の力量も並みでなかったとも聞いています。

しかし、わたしはあの蓮花乗院を高野山大会堂へと移建するというような途方もない構想を実現するに際しては、もちろん東密の教義の融和を思っていたとはいえ、そのまえに、春日局殿との深い心の契り、その信にこそ、いわば一生に一度か二度の、大勧進の因があったかと思い出されるのです。個人的な起源です。個人の心の信にこたえることが、先行していたかに思うのです。しかし、わたしが高野山を選んだについては、やはり、明算上人の想起が伏流水のようにあったのかも知れません。まあ、それに、言ってしまえば、高野山のすぐ向こうは何と言ってもわたしの古郷の田仲の庄ですからね。数百年にわたる武門の系譜から、ときとして変わり者がでてこそですよ。わたしはとてももとても明算上人のような高僧にもなれずに、東密の奥儀にも中途半端のままに、歌の道をもってそれを補っているような数奇者でしたが、しかし、あのような理念ある勧進事業にさいしては、そうですよ、あの七、八年前だったか、わたしは久しく懸案だった、崇徳院の怨霊鎮定のために初めて院の配流《はいる》先の讃岐の白峰まで旅をした、あれがわたしの分岐点であったように思います。

おお、そうだ、了塵上人、あなたの古郷は、そう言えば瀬戸の海の大崎でしたね。あの旅から帰って十年後、わたしはあの蓮花乗院の移建に立ち上がったのですよ。

了塵和尚の顔は黒ずんだシミであちこち日焼けし、睫毛も真っ白だった。そして言った。あなたがあの大事業を成し遂げ、さらに、高野山領に日前宮《ひのくまのみや》造営の費用が課せられたにさいしてあなたはただちに平清盛殿に免除のあっせんをして、免除が実現したあと、あなたはそのまま忽然と高野を立ち去り、伊勢国に赴き、二見が浦に草庵を結ばれた。蓮花乗院の移建から、ここまで数年ですが、この三年のうちに平清盛入道が薨去し、ついに源平の大乱が幕開けしたのです。

西行が言った。で、了塵上人、あなたは源平合戦のおりには、高野山だったのでしたか。

いやいや、円位上人、あなたが歌の西行上人となって高野を立ち去ったあと、わたしは高野山大会堂の運営にあたりましたが、結局は、あなたの考えた両派融和の問答所にはならず、夏安居の長日談義の成就はならず、一方的に本寺金剛峯寺方だけの独占になってしまったのです。そしてわたしは追われるように高野山を去り、古郷の大崎の小島に帰り、そこでこのように古寺の和尚になっているのです。しかし、妙な言い方ではあるが、大崎に帰ったおかげで、源平の合戦のすさまじき現実、惨劇を、この眼で見たように思うのです。これほどの仏法の長い積み重ねがあるにかかわらず、ほとんど無力とも思われたことでした。それにもかかわらず、いま、わたしは、それとなくこの年に至って、なんだかわが心が、即身成仏の境地にあるように感じていますよ。京の東寺に立ちよって所用をすませて、あなたが嵯峨野にいらっしゃると聞いては、このように足を引きずって罷《まか》りこしました。

西行はここまでの歳月があったのかなかったのか、あったにしても一体何であったのか、寂寞《せきばく》の思いを感じながら、五歳年上の了塵和尚をきれいな眼で見つめながら、ふっと言った。

了塵上人、わたしは昨夏、みちのく平泉まで往復三千里の勧進の旅を果たしましたよ。わたしも生涯の勧進の志もこれで終わったのです。そうです、なろうことなら、貧しい高野聖のように庶民の人々の喜捨をいただきながら回国修行し、南無阿弥陀仏と、阿弥陀仏に帰依する念仏を唱え、そして旅の道に斃《たお》れるべきだったでしょうが、そのように念仏聖にはなれませんでした。その念仏のかわりにと言うべきか、歌を詠んできた。わたしの歌は、念仏でしょうね。即身成仏の証とでもいいたいようにさえ思うのですが。

了塵和尚は眼を潤ませていた。歌の西行上人、あなたはそれでよろしいのです。ひとはみな各々の運命があり、むりやりあなたが浄土教の念仏聖になってどうなるでしょう。即身成仏はひとさまざまです。あなたは歌において即身成仏を果たされる。その歌が人々の心に即身成仏を促すことになれば、それでいいのです。

了塵和尚は長居はできなかった。春のような綿雪も降りやんでいた。木戸には馬がつながれていて、蓑を着た馬方が寒さもいとわず、木戸の脇の石に腰掛けて了塵和尚を待っていたのだった。西行は見送りに木戸まで出て、これが最後の別れになるだろうと思った。了塵和尚の方もそうだった。

西行は了塵和尚の耳元に吟じた。願はくは花の下にて春死なん、の一首だった。

3

了塵和尚を見送ったあと室にもどった西行はそれとなく心細い気持ちに襲われて我にも

なくこの十年の営為の無常をつくづくと思い出されるのだった。

了塵和尚があのお歳であってさえ、馬方に手を借りて駄馬にうち乗った後ろ姿が心に残された。淀川を下り、江口に出てのち海路で瀬戸の島に帰るとのことだった。ああ、波が荒かろうと西行は思い出した。

その一瞬に明るく思い浮んだ。むかし、あれはいつだったか、いつの回国修行の途次であったか、江口の里で、まるでそれ自身が旅人でもあるかのような蹌踉と足をひきずる時雨にあい、なじみの宿をもとめて江口の里の遊女の家に立ち寄った。あのとき遊女と歌のやりとりをして、宿りをゆるしてもらった。雅なことだった。その時雨の日がなぜか鮮やかに色づいて思い起こされ、たへ、と言う名の遊女であったが、あそこでわたしは何の無常感も覚えはしなかった。わたしは歌に残し、たへの返しも歌集におさめた。西行上人がみずからの歌集に、遊女の名をもそえて、返しをのせていいものかどうか。

いや、ひょっとしたら一期一会の形見、無常の思いがそうさせたのであったか。

今しがたお別れした了塵和尚とも、今生でもう二度と会うことはあるまい。こうしてわれわれはみな塵に成り了ると言うのならば、おもしろいことだが、了塵和尚が自らつけたというこの法名はなかなかのものだ。それとなく名は体を表すゆえにと思っていても、このようにしてはじめてしみじみと分かる。西行は了塵和尚が乗っている淀川下りの十石舟を思い浮かべた。そののちは、棚なし小舟だろうか。あれで瀬戸の激しい潮をのりきれるのか。
また西行はやりきれない心細さにひたされた。
六十、六十一、六十二とわたしは丸三年、どうしてあのような途方もない事業を敢行できたのだろうか。あの三年間寝る暇もないくらいに働いた。まるで武人の合戦のような三年だった。つねにそばには片腕になってくれた了塵和尚がいた。あれだけ分断された両派の衆僧を一つにまとめて長日不断の談議所を造営するなどあの時期では狂気の沙汰とさえ見なされていた。わたしは善きことばの宴をこそ夢見ていたのだったろう。しかし人の心とはそうやすやすと宴には進まない。
大貴族たちの勧進は一切わたしが行った。卑賤でありながらわたしの人脈は葛の葉のようにからみあって不思議だった。思えば一介の出家歌僧でありながら、鳥羽院、待賢門院后、わが田仲の庄の寄進先である藤原徳大寺実能《さねよし》、崇徳天皇、などなどとの眼に見えない契りの糸が、それは歌と信心の共通の絆でもあったが、細くはあるがわたしはそれとなく信をおかれ、たぐりよせられたのだった。

いや、これは自分の力というのではなく、了塵和尚が言うたように、わが佐藤一族の中から高野山中興の祖である明算和尚が出ていて、その眼に見えない後ろ盾が作用してのことだったろう。それに何と言っても、鳥羽法皇のお子の生母である春日局殿の信頼の契りにもよることだ。わたしの野心というのは他のひとたちのそれと実に異なっている。いや、無いと言っていいのかも分からない。それが信頼されたというべきか。いや、わたしのもちまえの慈悲の気持ちか。

わたしの思想の核心は、ただ一つ、教義抗争による分断を融和させることだった。庶民が貧困、飢え、度重なる疫病、天災、合戦の荒廃によって、生きることの希望が失われているさなかに、高野山の同じ衆僧が相争って武門とおなじように血を流しあっている場合ではない。人々はせめて心に浄土をこそ唯一の願いとして、そのことばをもとめている。そのことばは、教義の解釈の差異についての戦いとは全く別のことだろう。国家鎮護のための密教であるだけでは行き詰まりになろう。高貴も卑賤も、どうにかして世を覆う無常感、死生には避けられない自身の無常感を超えるようなことばを求めている。そのことばが、時代の真言が新しく造営された高野山大会堂で生まれるのだ、そう信じていた。しかし現実はそうはいかなかった。わたしの心が折れたというのではないが、おりしもふたたび最後的なこの世の合戦の兆しが現実のものとなっていた。わたしは六十三だった。もういかほどの持ち時間があるだろうか。あと十年か。わたしはふたたび遁世する思いで、伊勢神宮の荒木田氏をたより、二見が浦に草庵を結んだ。歌において円熟すべき時だった。

まるで向かいにまだ了塵上人が坐っているかのように、つぶやく西行は火桶に炭をくべたし、白骨のごとき燠《おき》の灰をそっと除いた。

了塵和尚の音《おと》ずれは西行に無常感と同時に、ふたたび元気をもたらしてくれた。七十五であのように駄馬に跨ってこの嵯峨野を立ち去ったではないか。

いずれわたしは入寂《にゅうじゃく》する。それだけのことだ。見るべきものはすべて見た。壇ノ浦のこの世の無常もしかと見届けた。この世の武門貴族の栄華の美も滅びも、この眼で見た。残るはわたし自身の入寂だけだ。おそらくは、円位上人よ、美とは、即身成仏をなしえない心の形見の悲しみというべきではないだろうか。了塵和尚は西行を見つめ、眼をしばたかせてにっこり笑った。あなたの歌の美は如何に。

庵の外で、日が照ったり、翳ったりしているのが明るさで分かった。雲が去ると室もあかるく暖かくなった。いや、わたしの歌の美は、読んでくれる人たちの心の一隅《いちぐう》に生まれて欲しいのだが。

西行は、了塵和尚の音ずれの前に見返していた歌集の歌をまたぽつぽつと拾い出した。拾い出しながらも、早く俊成卿に歌合の一巻を届けたい、そろそろあの若い慈櫂が比叡山からここへと立ち寄るのではあるまいかと西行は思った。早く来い、慈櫂よ。そして慈円座主にもわたしからの誼《よしみ》を伝えよ。

またたくまに冬の日は暮れ、ちょうど開きおいた歌集の、野辺送りの歌が眼に入った。

棚田一枚離れた母屋から猟師の嵯峨山が夕餉の膳箱を提げてやって来た。

式台に腰をおろした嵯峨山に西行は、ふっと問いかけた。猟師の嵯峨山は答えた。東山の鳥辺山ですか、はい、わたしらはあの裏山を渉っていきますがね。たしかに死出の山路とは言いますが。はあ、白い鹿がいるというので仲間たちは狙っています。しかしどなたの御姿かも分かったものじゃないですから。

嵯峨山は土間の水甕、竈の薪、柴、炭などを点検した、外庭にある厠の前の雪を片付けた。

4

山里の夜はまだ時間が早くても却って夜更けよりも闇が深く、渡って行く風の声も、木々の残り葉のこすれる乾いた音も、鳥かけものがさっと走り過ぎたような音もみな人の声に聞こえなくもなかった。脂燭《ししょく》の細い芯がもう残り少なくなったので西行は歌を繰るのはやめようと思っていたところへ、猟師の嵯峨山が庵の戸をほとほとと叩き、手作りの脂燭の束ねをとどけに立ち寄った。火桶の炭は足りているかと冷え込みを案じて言った。三十年、四十年とこうした庵暮らしの経験に富む西行にとってさしたることではないが、それでもこの冬はそれとなく身には堪える。やはり過ぎし夏のみちのくの旅の疲れが過労とでもいうように体の芯に残っているのか。室に入って、細く裂いた松木の脂燭の束を筒に入れおいてから嵯峨山は言った。

灯っていた脂燭の火は今にも消えそうに弱っていた。天井には何かとも分からない形の影がゆらめいていた。嵯峨山が言いそびれていたとでもいうように言った。西行上人、さきほどの話でしたが、はあ、鳥辺山の。東山の鳥辺山、つまりは鳥辺野ですが。いうまでもなく今は火葬場ですが、あれは薪がえらい高く費えがかかりますから、高貴なお方らでなくては焼くに焼けません。夜更けにこんな話もなんですが。わたしが子供の頃は、あの山ふもとあたりがもううち捨てられた死人の骨でじゃらじゃらと踏み分けられないくらいだったのです。火葬もままならず、そのまま捨てに来てそのまま鳥どもにきれいに喰われるのを待つ。山ふもとの木々には死んだ者たちの衣が風に飛ばされてひっかかってばたばた鳴ったりとか。わたしは猟師稼業ですから、ここいらの峰々を渉り歩いて獣を獲るのですが、奥山に入ってしまうと変な言い方ですが、ほっと安心できます。里から野へ、野から山中へ。里から野へは、どうしても自然のままにまかせたゆるやかな傾斜地でしょう。野の行き止まり、そこからは山ふもとですから、この境目がいつになってもいちばん恐ろしく思われるのです。先ほどの、死出の山路、ですが、山中に入る手前の、その野が、わたしはどうも苦手です。京は、まず鳥辺野《とりべの》であれ、化野《あだしの》、蓮台野《れんだいの》であれ、山中であの火葬の煙が立ち上るのを見るにつけ。

と、そこまで言うと嵯峨山は、明るんだ声で、お年ゆえ夜更かしは禁物です、と西行に言い、あわてたようにして庵を辞した。

西行は、煙か、命か、とつぶやき、嵯峨山が届けてくれた脂燭の束から一本をぬき、燃え尽きかけた脂燭ととりかえた。炎の明るさがつのった。脂燭から死者を焼く臭いがするような錯覚がふっと走った。この世に生きていること、そして煙になること、煙になって消え去ること。この無常を慰め、その思いを超えるには何があろうか。自分はどれほど多くの野辺送りの葬送にこれまで、僧であるからなすべき営みとして当然だけれど、煙と消えた人々を御送りしたことだったか。嵯峨山が言ったように、野と言うは、葬送の白骨場であり火葬場であるならば、この嵯峨野も、野ではないか。嵯峨山のご先祖はたしか寺僧としてここいらを開拓したというふうに聞いたが、ここもまた夥しい白骨の上にあるのであろうか。

西行はふたたび歌集の歌を繰り、否応なく、葬送の歌にめぐりあった。忘れようもない歌の数々だった。しかもみな詞書《ことばがき》がおかれている。歌としていいかどうかという事の以前、わたしの心の記録というようではないか。


鳥部山《とりべの》にてとかくのわざしける煙中《けぶりなか》より、夜更けて出でける月のあはれに見えけ

れば

この詞書、まさか歌でむくつけく火葬とは名指すわけにいくまい。ことばには畏怖をいだかなくてはなるまい。これは、とかくのわざ、なのだ。ありえないことなのだが、これがありうることなのだ。人を焼く。亡骸《なきがら》を焼く。夜更けての生き人による営みだ。その煙を分けるようにして月が出てくる。あのときの思念は無常を超えきっている。

そしてまた、これはいつのことだったか、七月の十五日、月明かりのなかを洛北の葬地の舟岡に見送ったときの歌か。あれは死者の乗る舟着き場か。このときの月明かりをわが身に添えて、死出の山路の人を照らしたいと思わずにいられなかった。

いや、別の歌もある。これはいつのことだったか、詞書がないのでもう思い出せないが、

その折のよもぎがもとの枕にもかくこそ虫の音《ね》にはむつれめ　山775

さながらこれはわたし自身の死に際の寂しさのようではないか。きりぎりすの鳴く細き声が枕元に聞こえるほどの草庵で、心が弱っていてこのように詠んだということか。よもぎが生い茂った枕辺というのは言い方ではあるが、まるでわたし自身が臨終に際していて、集《すだ》くきりぎりすの虫の音に、その宴に親しく睦めというのか。こんなふうに詠まれると、

いや、わたしが詠んだとは言え、わたしの亡骸は、まだ息をしているのかいないのか、野の生い茂ったよもぎを枕にして、野の地べたに打ち捨てられたようなことだ。きりぎりすの声だけが救いに聞こえようか。

西行のこの夜更けは歌を見返すにつれて心が細くなっていった。

しかしわたしの歌の円熟は、もしそれを円熟と言うのなら、もっともっと明るく光ある、そうとも、歌合にからくも間に合ったわたしのつぶやき、願はくは花の下にて春死なんそのきさらぎの望月の頃、このような調べでこそわたしもまた人も、心静もるのではあるまいか。

わたしはあまりにも多くの死を見過ぎたではないか。それはもういいと言いたいところだ。父は所領争いの戦で武者として死んだ。わたしは幼くて父を覚えていない。垂乳根《たらちね》の母の死にもわたしは旅の身にあって間に合わなかった。

西行はふと脂燭の炎の揺れるのを見つめ、そして一瞬、まだ若かった母が息子のわたしの内衣の横開きの衵《あこめ》を一針一針、縫ってくれているその横顔の静かさが思い出された。あのとき何を思っておられたのか。都から紀伊国の荘園領主に嫁いできた母の思いはどうであったろうか。そしてわが垂乳根のその死に目にも、わたしは会えなかった。

葬送の歌を繰るには心が疲れていたが、西行は、一院隠れさせおはしまして、というように長い詞書の歌には、これは忘れもしない保元元年の七月のことだったから、つい昨日のように思いが浮かんだのだった。たしか鳥羽法皇は五十四歳で薨去なさったのではなかったか。

西行はまざまざと思い出した。鳥羽院の北面として、二十歳のわたしは、たしかに鳥羽の安楽寿院御幸に供奉《ぐぶ》したときの晴れがましさを忘れていない。天にも上ったような晴れがましさだった。華やかに着飾り盛装の北面武者として、行幸に騎馬でお供した。都の人々は目白押しに沿道に立ち、嘆声をあげていた。

いまそれもみな幻に過ぎなかったことが、改めて思い出された。しかし歌は鳥羽院の葬送時のわたしの率直な思いを残している。高野山に知らせがいち早く届き、わたしは高野の庵を発ち、夜の葬送に間に合った。

今宵こそ思ひ知らるれ浅からぬ君に契りのある身なりけり　山782

そうしてのち、火葬にふされた骨を納めるべく安楽寿院へと見送りする高貴の方々に加えていただき、そのときにこう詠んだのだ。

道変《みちかは》るみゆきかなしき今宵《こよひ》哉限りの旅と見るにつけても　山783

生きてしあれば華麗なる行幸であるべきを、いまはあの世への道と変わったのだ、これが最後の旅なのだ、そうわたしは思うとかなしみが尽きなかった。院政の中枢部だった御所の中なる安楽寿院に遺骨を納めてのち、お供に来た人々も一人去り二人去りと、夜も更けてみな帰り去ったけれども、わたしは読経を始めたこともあり、夜が明けるまでその場で読経を続けたのだった。わたしが出家遁世の僧であればこそ、このようにあの世への道行きのお供をし、浅からぬ契りについて思いを馳せることができもしたことだった。

わが垂乳根の母の骨も拾わなかったようなわたしが、三十九歳のわたしが、若き日の思いゆえに鳥羽院の葬送に駆けつける。これは一体どういうことだったか。

しかもただちに崇徳院による保元の一夜の乱が始まり、わたしは立て続けに、崇徳院のもとに駆けつけた。わたしは即身成仏どころか、若き日の栄光への未練ゆえにとでも言うように、この世の無常を忘れさせる生者の岸辺で右往左往していたと言うべきか。

そこまで歌を繰りながら西行はもう夜更けの深みに沈んでいた。心なしか庵の床下に冬をしのいでいるらしいきりぎりすのか細い音《ね》が聞こえた。

これは歌ではあるまい。わたしの生きの事実の声だ。それを残したかったのだ。わたしの死もまただれかによってこのように歌われることがあろうか。

今夜は地獄の夢でも見そうなことだ、と西行はひとりごちた。漆黒に塗りかためられた限りのない大地がつづきその果てに大きな寺のような建物が翼をひろげ、そこに人々が集《すだ》いている。そのなかの中心に見知った人の顔があるが誰かははっきりしない。

西行は経机の灯りを消し、四つん這いになる形で、身をこごめ、しとねと夜着のなかへと膝行《いざり》寄った。早く来い、慈糴よ、そう西行は言った。歌合を伊勢神宮の内宮へ奉納してこそ、わたしという歌は無常生死を超えて慈悲となる。神仏のご加護あればこそわが生きの姿なのだ。

4章　花の盛りに逢ひ来つゝ

1

どれほど多くの死にであってきたことかと西行は自分の歌においてもそのことが思い出された。もう死はうんざりだが、しかしそれをも受け入れることはあたりまえのことであって、その受け入れ方、その心の安らぎをこそもたらさなくてはならない。死出の山路と言えば、舟岡の葬地でも鳥部野《とりべの》でも、そこからの帰るさは夜の闇に野辺送りの人々の黒い姿とともにすぐそこに凄いと思わす土塚があちらこちらに覗いているさまは、これから生きの夜に世にもどる身にとっては後ろ髪をひかれる気持ちが山路の叢《くさむら》に漂っているのだった。

いま西行は、一生幾何《いくばく》ならず、来世は近きにあり、というつぶやきを口に唱えながらも、もしや風《かぜ》を患い始めたかと軽く咳をした。咳は孤独に一つ二つと庵に大きくこだまするように聞こえ、西行は仕事のつづきにとりかかった。

伊勢の海で拾った舟型をした石は好ましい自然の硯だった。そくそくと音をたてて墨を摺った。二見が浦の七年の形見だった。墨を摺りながら西行は美しく寄せては返す海の波を思った。あの庵の背後の松籟《しょうらい》を聞いたように思った。死出の山路というのはあまりにも山岳的だったし、都ずまいの人々にとってはごくあたりまえのことであろうが、死はもっと海にこそ求めるのが豊かなことに思われた。西方浄土とは山岳ではあるまい。密教的には山岳の鬱蒼たる自然の恐ろしさがよく似合っているし、わたしだって大峰の百日峰行《ぶこう》を二度も成就したが、あの修行に浄土が見えるわけはなかった。ただ自然界における自分の小ささをのみ空虚として感じとることだけだった。あれで成仏ということにはならない。わたしはあのような過酷な修行においてさえも歌を思い、歌を詠んだ。即身成仏についていは、あのときわたしは自然と一心同体になることだと感じ取ったが、それではまだ不足に思われた。わたし一個としての即身成仏が目的であろうはずがない。わたしの生きの存在したことの息と声が、息とは霊力であり精神だが、それでもって他のどなたかを、願わくはもっと幾何かの人々を励ますことでなくてはなるまい。

伊勢の海ではそんなふうに思わなかったし、即身成仏もそのような苛烈な修行による開眼ではなかった。ただ海の西方に浄土を夢見ることの安心だった。しかし都はそのように山々に囲まれていて、死出の旅は、火葬と葬いと凄まじき塚への山路だった。垂乳根の母の海から生まれて再び海に帰って行く。われわれはたしかに土に塵となって還る肉であるけれども、息の霊は海の彼方にあらためて旅に行くのではないか。わたしは高野山三十年の出家僧としては円位上人ではあるが同時にわたしは歌の西行でもある。僧がまさるか歌がまさるか。金剛杖か、歌のことばの杖か。

奈良の古墨をゆっくりと摺っているうちに気持ちが晴れてきた。日があるうちに西行は藁の雪沓をはき、足腰がこれ以上弱らないように小雪の舞う野道に出て、それからいつものように片腕の折れた一松までゆっくりと足をひきずり登った。山々は、夏や秋の一回り大きくなった山容をやつれさせて、なお雪に覆われ、その清浄さは緑黒ずむ夜々の死出の山路などとは打って変わって、この世のもろもろの現実を一気に超えてしまったとでもいうような神々しい静けさに凛凛と冴えかえっているのだった。

峰峰は入り組んだかさなりがくっきりと見え、その襞襞《ひだ》は神仏の道のように思われてくるのだった。死出の山路ではなく、生きの山路であるようにさえ思われた。そして山襞裾の谷間から煙がたちのぼっている。あれは猟師の嵯峨山もその一人として加わっている炭焼きの杣人たちの煙だった。人を焼く煙ではない。冬の光と大気の匂いは柑橘のように鼻腔を喜ばした。すがすがしい炭焼きの煙がここまで流れ届くように思った。

西行はまるで子供のように、太い松の幹を両手で押し、たたき、大きなかさぶたのごわごわした松の生膚に自分の大きな手をあてがい、撫でた。わたしが亡くなってもきみは生きている。そういうことだ。きみはわたしのことを覚えていてくれるだろう。それだけでいい。開いた松毬《まつかさ》が雪のくぼみにちらばっていた。兎の足跡がとびはねていた。

帰り道、西行は思った。今夜中に、御裳濯河歌合の一巻を、控えのために浄書してしまいたいものだ。俊成卿のもとにお届けするにも、この冬の日では都から音ずれてくれる客もまた稀なことだ。いや、必ず、あの若い慈櫂が雪道をころげるようにしてすっ飛んでくるに違いない。このわたしが自分で京の五条烏丸までお訪ねするというのはいかにも押し付けがましく美しくない。もう一度、浄書しながら、歌合を味わうことにしよう。いまわたしは歌断ちをしている。これはわが歌が円熟に至ったからということではない。もう詠むべきことはすべて詠み切ったというのでもない。あえて言えば、歌の方がわたしを求めていないように思うからだ。歌の方がわたしを求めていないのに、力ずくで歌を詠むようなわたしの齢《よわい》ではあるまい。

これまでの自歌《じか》からわたしが選び抜いた歌七十二首でもって、三十六番の歌合、左歌がいいのか、右歌がいいのか、わたしは自作でありながら両歌を戦わせたということだから、これを他者なる判者の眼で、勝ち負けをつけてもらう。そのときにその判詞の批評によって、自分でもよく見えなかったわたし自身が発見されようというものだ。

死が行く手に在って、生きるのではない。生の生きという行いがあって、これが先だって、その実りとしてゆくゆくに死もある、というふうに考えないと、人は一体何ゆえの生かということになってしまうだろう。

早い日が暮れると、西行は燭を灯し、硯の墨だまりに水を加え、慈円座主から恵贈された料紙をひろげた。そして、筆をとる瞬間、俊成卿の筆の麗しさを思い起こしたと同時に若き子息定家卿の野心的な鬼みたいな字が思い出されて、笑いがこみあげた。なに、あのような鬼みたいな手ゆえいずれは名筆になるものだ。若いということはそれだ。わたしはもう草の絡まったような字しか書けなくなったが、これがわたしの今だ。

2

やはり風《かぜ》わずらいのためだったかと嵯峨山が猟師のあいだで知られた稀なる良薬の熊の胆《い》をもってきてくれたので、西行は今日はそこそこ熱もひいて経机についていた。この数日間に見た夢の景色がまだ心の川岸に揺曳していた。夢はそれぞれにからみあって混沌としていたものの、しかしその流れはやはりどうしたって自分の過ぎて来た生きの面影からすべてが発したものだった。詠んだ歌のことばが心にあるからこその夢が紡がれていたのだった。

西行は火桶にかけておいてもらっている土瓶から薬草茶を湯のみに注いでゆっくりと味

わった。そう言えば、幼かった頃、わたしは体が弱くて、たらちねの母上は都人にもかかわらず荘園の田園暮らしに馴染み、民間療法の薬草茶をことことと煎じていたものだった。急にその匂いを思い出した。海のある地の柑橘の香りだった。早くに所領争いの押妨《おうぼう》によって父は亡くなって、顔も定かに覚えていないが、わが母は病弱であったはずなのに、愚痴一つこぼさず、夫亡き後は急に心が強くなり、田仲の庄の経営にも全力を傾けた。もちろん祖父が後ろ盾になってのことだったが、検非違使尉でおわったその祖父季清が、夢の中で現れては十代のわたし義清に手取り足取り流鏑馬の訓練をしていた。夢の中でわたしは落馬し、もんどりうって刈り入れがすんだ稲田に投げ出された。きびしすぎますと母が祖父をいさめたが、祖父は笑って相手にしなかった。

鎮守府将軍秀郷《ひでさと》流の流鏑馬の秘伝をお前に伝授しておかねではご先祖にどうして顔向けができようかと言うのだった。藤原秀郷と言っても、もう七代前もの豪傑武者のご先祖のことなど、この祖父はこまったお方だと思ったものだったが、のちの自分にとっては祖父の教えは忘れがたかった。特別に武家の有職故実に詳しい祖父は、武をして雅びとなせと常に義清少年に言い聞かせたことだ。夢の中で祖父は義清に言っていた。キヨよ、武ほど凄まじくおぞましいものはない。敵の首級を断つのみならず、その首の額に五寸釘をうちつけて梟首《さらしくび》にする。鴉どもが眼をえぐり喰らうぞ。しかしその首を引き取って、首の離れたる五体にていねいに添えて葬るのもまた人の心だ。お前は武門の家柄だから万一に際しては、梟首《きょうしゅ》される側、いや、する側に立たぬとも限らない。しかし、願わくは、首をひきとって埋葬し供養する者の心を忘れてはなるまい。武の礼式を忘れてはなるまい。礼式がかろうじて武の乱威を抑えうる。

西行は風《かぜ》の熱のなかで、流鏑馬の疾駆から稲田に投げ出された一瞬を、まるで自分の短い一生のように思い出していた。七十歳であれども短すぎるのだ。疾駆する畦道に立って叱咤していた祖父たちが駆け寄った。西行は祖父の背に負ぶわれて屋敷へともどった。あの腰の怪我は数日で治癒したのだったが、まてよ、どうにも去年の夏のみちのく行のあと、わたしの鉄脚も怪しくなったのではないか。

雅びな礼式の流鏑馬のように生きよと祖父は言った。わたしはその弓も馬も捨て去った。歌のことばに変えた。供養する者となった。

西行は湯飲みから香ばしい柑橘の香りがする薬草茶を啜った。庵の室は思い出ばかりが花のように舞っていく気持ちだった。

西行は思った。了塵和尚は真の高僧であった。いまごろ無事に大崎の島の山寺で何を祈っておられようか。西行は瀬戸の海がことにもいまこの嵯峨野の冬では懐かしかった。われわれが終わっても、われわれが行ったことは終わらないだろう。

ようやく西行は、浄書が終わった御裳濯河歌合の一巻の綴じをめくりながらほっと安堵した。予備ということもある。自分は歌稿の管理などに心をくだくなど一度として思ったことはない。しかしここは万が一ということもある。歌とて火にくべれば消えてしまう。五条入道俊成卿のことゆえ夢にも歌稿が失われようことはないのだが、わたしは熱を我慢しながらもう一巻浄書してみてわかったこともある。わたしの字体がずいぶんこぶりになったこと。まあそれはそれでいい。心は広がり、ことばの字は小さくなる。わたし自身がちいさくなるというようにだ。もう一つ。内宮におわします大日如来の垂迹《すいじゃく》となす天照大神に捧げる歌ゆえに、番《つがい》によってわたしの歌はおおらかに円熟したということか。円満な満ち潮になったということか。しかし読み返しつつわたしは思ったことだった。神仏に自《じ》歌合《かあわせ》を捧げつつも、ついにはわたしはわたしの一生の心の遍歴をこそ申し上げているということか。

そう思いつつ歌合の左右歌を繰っている最中に、やはり念じていたとおりだった。庵の蔀から若々しい弾んだ声がした。あの慈糴だった。西行は立ち上がった。慈糴は雪も降っていないはずなのに、わざとのように僧の冬衣をぱたぱた手でほろう所作をしながら、西行に挨拶した。慈円座主からお手紙をあずかって参りました。猟師のような冬帽をかぶって頬が赤かった。遅かった、遅かった、春が来てしまうところだった、と西行は言い、室に招じ入れた。慈糴は答えた。はい、師よ、比叡山から雪の峰伝いに雲のように飛んで参りました。春近きにありですよ。

にっこりと笑う慈櫂が童顔に見えるのはどうやら鼻の頭がちょっと上をむいているからだった。西行はその丸顔を見ると心癒される愉快な気持ちになった。膝をくずして坐りなさい。西行は経机の傍らの脇台においてあった小ぶりな白い湯飲みを手にして薬草茶をついで慈櫂にすすめた。綺麗な眉の童顔がいかにも美味しいと口をすぼめて飲み、ふうと一息つくと、もう初対面のときと同じように早口の饒舌になった。で、西行上人、新しい歌集の編みはどうなりましたか、などと矢継ぎ早に質問が出るので、西行は軽くいなして、慈円殿のたよりはいかにと問うと、慈櫂は大慌てで手紙をとりだし西行にさしのべた。

手紙と言うより二つ折りの懐紙にしたためた美しい草のそよぎのような書体の音《おと》ずれだった。西行はゆっくり二度読み、笑みを浮かべ、それからまた読み返した。慈櫂は西行のつぶやく口元から座主のたよりを読むとでもいうように嬉し気なため息をついて口をはさんだ。

はい、やはり、そうでしょう、千載集にとられたとおぼしき歌ですね、俊成卿のことゆえ、きっとこれだろうと慈円座主は仰っておられましたから、わたしもまたそらんじています。そして、慈燿は少し今様風の節をそえながら声に出した。

旅の世に又旅寝して草枕夢のうちにも夢をみるかな

もともとがこの世は旅だというのに、そこでまた旅寝して、そうして夢をみてもまたその夢の中で夢を見ているなんて、いったい生きるとはどういうことなのか。可笑しいですね。どうも慈円座主にはこのような境地があります。父上は関白、兄上は摂政関白ですからね、余裕ですね。それにつけても卑賤の身なるわたしとてそう思うのですから、分かります。夢をこそ生きめやもと。わたしはこのような軽妙な歌を好みます。この調べです。この平易さです。諦めといった悲しさではありません。これなら世の人々だってすぐに納得できます。そして生きられると信じるのです。もっと夢をみようかと思います。すぐに覚えてしまいます。はい、慈円座主は仰っていました。わが歌は西行ぶりなりと。西行上人から歌の真言を学びてこそ、世の人々を救えるのだとも。俊成卿は少し変人でしょうから、この歌に幽玄を見たとでもいうべきでしょうか。慈円座主はもう一首、これも千載集に採られたに違いないと仰っておられましたよ。

みな人の知りがほにして知らぬかなかならず死ぬるならひありとは

すこし低き声で慈櫂がそらんじた。

西行は口をさしはさんだ。慈円座主は今年で何歳になられたか。はい、たしか三十二歳かと思いますがと慈櫂が答えた。西行は笑いながら、早い、と言った。しかし、人はそのようにして生きる、とも言い加えた。わたしの詠みぶりもこういうところはある。ほうーとため息が出るようにして歌が生まれればそれでいい。慈櫂が答えた。はい、座主はほんとうにたくさんの歌を苦も無く詠みます。作っておらないようです。そのようだ、それがことのほかいい。それから西行はもう一度、慈円殿の懐紙を見て、

せめてなほうき世にとまる身とならば心のうちに宿はさだめむ

草の庵をいとひてもまたいかがせむ露の命のかかるかぎりは

そう二度声にだして読んで言った。ありがたいことだ。わたしが勧進した二見浦百首、つまり御裳濯百首の歌をこのようにいただくことになった。座主殿はさぞやうき世の政事《まつりごと》向きの難儀な仕事がこれからどんどんおしかぶさってこられよう、しかも若いのだから、このようにたたかうことにもなろう。わたしとて高野山壇上の造営勧進ではもうそれはた

いへんだった。世の抗争はいずこも人の世であるから同じだ。摂政関白九条兼実《かねざね》殿が兄であられるのだから、これはうき世の野を手ぶらで行き過ぎるわけにはいかない定めだ。

わたしもまたかつてはこのような歌であったけれども、さて、ここのところ御裳濯河歌合一巻を終えて、浄書も済み、いよいよ五条入道俊成卿にお届けするだけになったところだ。

すると慈櫂がきらきらした明眸《めいぼう》をまんまるにして言った。おお、西行上人、ということは、歌合は二見浦百首の勧進と、それは軌を一にしているという構想でしたか。おお、そういうことでしたか。

西行はにんまりした笑みで答えた。百首勧進、それはそれ、親しき錚々たる方々の合力にてわれらが時代の生き死にを問う百首歌です。しかし、わたしの御裳濯河歌合は、何と、自歌合《じかあわせ》だから、わたしが一人二役、左右歌の詠み手となり、互いに歌の比べをする。左歌は、山家客人と言う名ででています。右歌は、野径亭主。ね、可笑しいでしょう。いずれもわたし西行の歌だが、判者は、俊成卿殿にお願いするのです。せんだってあなたにお会いしたときに言ったように覚えているが、千載集の編纂もおわったとなれば、これこそ千載一遇の好機、これはわたしたちの歌の契りと絆のことゆえ、俊成卿は困り顔しつつもひと膝をのりだしてくださろうというものです。判詞をいただくのですよ。おや、慈櫂さん、図々しいと思いましょうが、そこはね、そういうことなのです。武門なれば弓をオッ立てて馳せ参じるが、歌にては、歌にて馳せ参じる。遊びではありません。心中の思い、真実、観念の合戦と言ってもいいのです。

わたし自身がわたしの歌をこのように戦わせて、というより鏡のようにして、それでもわたし自身の歌とは何か、それを俊成卿殿に判じていただく。いったい、西行とは何者なのか。いや、西行の歌の真言とは何か、それをいわばわたしたちの時代の盟友の眼でみていただきたいのです。どうです、七十の老いの身がまだこのような企みをするとお笑いかな。生き切るまでやる。いまわたしは起請を立てて歌断ちをしているが、いざとなればどうなるやら。

さあ、慈檉さん、きみも読んでみてください。この浄書の一巻は、ひそかに慈円座主にも差し上げたいと思っています。

西行は火桶を囲んで真向かいの慈檉に一つ綴りを手渡した。慈檉が悲鳴のような喜びの声をあげた。

さらに西行は言い添えた。ごらんなさい、ここ、第七番の左歌。これは、どうしてもこの七番の左歌が生まれなくて、久しく待っていたのだが、わすれていた頃になって、それが突然降って来たとでもいうのか、入眠のきわにまるで夢の中からのように聞こえたので、それを書き取った。それで、この一巻が成就したのですよ。

よいしょ、と西行は腰をあげて言った。冬の陽ざしが入ってきましたね、さあ慈檉さん、ちょっとわたしは奥で横になっているから、ゆっくりと読んでみてください。それから二人で語り合いたいものです。きみのような若さでは、神仏に歌を奉納するなどと言うと、笑ってしまうかも分からないが、これはわたしのあらん限りの祈願なのです。新しき歌は、ただ七番の左歌だけ。

西行上人は葦編みの衝立の陰にかくれた。慈櫂は歌の綴りを追った。若すぎる慈櫂にとっては歌の大きさと広さが海やまのようで困惑したが、すぐに自分の好きな歌に出会うと紙縒《こより》のしおりを挟んだ。

4

日は山の峰に夏雲のような雲の峰をさらに添わせて陽ざしがあふれだし、庵の室にもその明るさが入ってきた。慈櫂はその陽ざしを受けて歌合の歌に眼を凝らした。西行上人の手になる文字が、なり、という仮名字までが、音《ね》をならして声になって聞こえた。左歌の詠み手は山家《さんか》客人と擬せられている。右歌の詠み手は野径《やけい》亭主というのだ。ということは、ともちろん慈櫂は思った。左歌は音ずれて来た客人で、右歌の亭主というのは、その客を接待する主人ということだ。ここは野径亭といういわば旅の路の茶店の含意か。そうだとすると、この野径は実に意味深長なことだ。野径とは旅の径ではあるが、細々とした、生い茂る夏草を分け入るような小径のその旅は、やがては野を登りつめていけば、まるで死出の山路の譬えともなりそうだ。いや、そんなことはあるまい。この客迎えは、向《むか》う、という意味で、両人が、つまりそれは西行上人その人がもう一人の西行上人と向き合い、向《むか》えて、わが生涯を考えているということになるのではあるまいか。

内なる他者とでも言おうか。考えるということはそういうことだ。

そうと見れば、右歌の亭主が迎えの挨拶をし、左歌の客人がそれに答えるという趣向になるだろうか。やれやなあ、西行上人はこうまで工夫を凝らしてこの自歌合で伊勢神宮の神仏を喜ばせようとなさっている。

慈櫂はおいそれと、ざっと速読するわけにはいかなかった。三十六番の歌合だから都合七十二首をここで心行くまで味わっていいようものなら、日が暮れて、わたしは比叡山まで帰れなくなってしまう。慈円座主は西行上人の日々の健康、くらしぶりを知りたくて待ちわびている。

そして六番の歌に来て、そこで慈櫂の心も眼も立ち止まった。

左歌の山家客人が、こう詠むのだ。

春を経て花の盛りに逢《あ》ひ来《き》つゝ思出《おもひい》で多き我身なりけり

慈櫂はまるで自分がいまこの客人になったような気持ちになり、どれほどの春の花の盛りに逢い見て過ぎて来たことだったか、思い出されることの多いじぶんです、と挨拶をしている気持ちになった。慈櫂はまだ若くて花の盛りに逢うなど数えるばかりの身であったけれども、この先の長い年月を思うと、その歳月の果てまで今自分が来てしまったような錯覚を覚えて、自分の一生を振り返り、思い出すことの多い自分であった、と挨拶しているのだった。慈櫂は不思議に思った。歌はただ一息に詠まれているにすぎないではないか。が、まてよ、思出《おもひい》で、おもひ・いで・多き、というこの一音の多さが、わが身の満ちたるをこそ示しているのではあるまいか。おもひいでおおきわがみなりけり、と慈櫂は経文のようにそらんじた。

すると今度は、右歌の野径亭主が応ずるのだ。

憂《う》き身こそ厭《いと》ひながらも哀《あはれ》なれ月をながめて年の経《へ》にける　裳12

慈櫂はこの歌もまた声に出した。しようがない自分というものを厭わしいと思いながらの、あわれです、つまり愛おしい気がします。月を眺めているうちに老いてしまいましたがね。慈櫂はもちろん、この、あはれ、とは肯定的な情感であることを知り抜いていた。

これはまったく自分の今の思いとちがうところがない。山家客人が花につけて挨拶をすれば、野径亭主は、月で返し。そして、年の経にけり、と言い切ったところが、さすがに思いきりのいい西行上人ではあるまいか。悟りとでも言うべきか。両歌は、すでにすべての歳月は過ぎ去って、今に残されたのは思い出の満ちたわが身だけだと言う。それを肯定している。そして、それを迎える右歌は、花を追うて過ぎて来た歳月にたいして、月で答える。そして客人を励ます。両歌の心は同じだけれども、わが憂き身は愛おしいと言い切る。

西行上人は衝立の奥で安らかな午睡にただよっているらしかったが、その寝息から、さあ、どうかね、慈櫂よ、きみならいずれを勝ちと見るかな、と声が聞こえるように思った。とっさに慈櫂は心で答えていた。

右歌です。右歌の嘆きこそ、わたしは好みます。左歌の自己肯定のひびきはまだわたしには無理というものです。

冬の日の空もようは早かった。日が翳ったりまた明るくなった。

つづいて慈櫂は、おそるおそる次なる七番の歌へとめくった。

山家客人の歌は、おお、ついにここで新しく出会った。

　願はくは花のもとにて春死なむその二月《きさらぎ》の望月《もち》のころ

裳13

では、野径亭主は右歌で、どう返したのか。

来《こ》む世には心のうちにあらはさむ飽《あ》かでやみぬる月の光《ひかり》を　裳14

これは少し厄介だなと慈櫂は思った。来世にあっては、現世で見飽きることなくおわってしまった月の光を、自分の心に現そうというのだから、これは理屈にすぎやしないか。でも、自分の仏性を識る心月輪という観法もある。来世に行ってまでそうしたいというのだから、相当に過激なことだ。慈櫂はそっと左歌の軽快な調べの挨拶に拍手を送った。判者と頼む俊成卿なら、いずれを勝とするだろうか。右歌は理屈が勝りすぎやしまいか。来世に月光があるものだろうか。いったい西行上人は何を考えておられるのだろうか。慈櫂は思った。そうだ、これとても、西行上人の、願はくは、ということなのだ。それならば、死はなからんという理屈になるのではあるまいか。

5

慈櫂の手と思いはそこで先へと進むには惜しく、思いはとどまって、その、願はくは花のもとにて春死なむ、の七番の歌からもう一度、先行する六番の歌に参り逢うとでもいうようにして、若い身空の慈擢であっても息をのむような気持ちになった。

春を経て花の盛りに逢《あ》ひ来つゝ思出《おもひい》で多き我身なりけり　裳11

そして慈擢がこの六番の左歌に引き寄せられていると、衝立のかげでしばし午睡をとっているはずの西行上人の声がはっきりと聞こえたのだった。それはだれかと差し向かいとでもいうように話していた。意味は不明だったものの、たしかに夢の中で話しているにちがいなかった。その相手がだれなのか、あるいは西行上人その人の分身なのかも、定かでなかったが、きれいな声のひびきで、まるで童子のような声にも聞こえ、しばらくその声がつづき、やがてひっそりとなった。

慈擢は歌合の一巻をそっと手元に置いて、音立てずにいざるようにして西行上人の寝ている衝立の際までいった。一瞬鳥肌がたつくらいにさっと戦慄が走ったが、慈擢は生涯でただ一度、西行上人の寝顔をそっと見ることができたのだった。西行上人の横顔は鼻梁がことに高く見え、瞑ったまぶたにふっと涙の一滴がたまって、目尻にこぼれるところだった。思わず慈擢は懐から懐紙をとりだしてその涙をそっとおさえようかと思った。眉間にただ一本、細い縦皺が走っていた。鼻腔はおおきくふくらみ安らかな寝息が聞こえた。涙はここに見えない話し相手の声を聞いて、西行上人は思わずこぼしたにちがいなかった。いったいどなたと話しておられたのだろうか。慈櫂にも涙がこみあげてきた。

慈櫂はいざりながら両手をつき、あとしざりした。西行上人がこのまま入寂でもなされたらたいへんだと思ったものの、いや、そんなことはない、七番の左歌にあるように、入寂の日の願いは、春の花のもとで、なのだから、このような無粋な冬に突然ということはありえない。

ふたたび慈櫂は端座して、六番の左歌を、聞こえないような声のつぶやきにしてそらんじた。少なくとも出家遁世して以後ここまでの幾春を経て花に巡り逢い、そしてここまで旅して来た。思出《おもひい》で多き、わが身だ。そういうのだ。

ということは、と慈櫂は思った。ただ思い出という静止した思いではない。思い出す、ということだ。それが我が身だというのだ。

そうだ、わたしとは思出《おもひい》でそのものなのだ、そういうことを言っているにちがいない。わたしは何者かと問うときに、わたしとは幾多の春の花の盛りに逢い、そして逢って来て、そのすべて思い出し、その想起すべてが、わたしなのだということだろう。

慈櫂は先ほどの西行上人の一瞬の涙の理由が分かったように思った。どれほどの花の盛りに逢って来たことか。花と言っても、なにも上人の鍾愛《しょうあい》する山桜のことばかりは言われまい。ひとびとの生きの盛りにもどれほど逢って来たことだろうか。西行上人のお齢まで生き抜いて来たということは、そういうことだ。そのような盛りの花と謎ある運命や人生を自分の心に抱きしめて今ここにいるというのが、わが身なのだろう。

この左歌に感銘するのは、このような思想が、ただなんの技巧も見せずにひと息の呼吸で、ちょうど涙のこぼれるように、調べが生まれて、その涙がそっと乾くようだからだ。生きるということは、思い出すことなのだ、思い出し思い出し旅を続けることなのだ、そう慈櫂は結論しておちつき、この歌とせりあう右歌を、ちらと読んだ。

憂《う》き身こそ厭《いと》ひながらも哀《あはれ》なれ月をながめて年の経《へ》にける　裳12

慈櫂は心中にふっと笑いがこみあげた。というのも、これはまだ若いが自分の心境のように思われたからだった。西行上人の歌には、ふっとこういったおかしみがある。かるくいなすといったおかしさだが、情けなくてしようがない自分だとは思いながらも、厭わしいとおもいながらも、哀れでならないというのだから、このような肯定的な幸福感。このおかしさだろう。あわれ、というのは、かわいそうでみじめだという意味ではさらさらない。愛おしいという意味のことばだから。そして役にもたたないと世人から言われそうなこと、つまり月を眺め、愛でて老い果てた身だというのだから、なおおかしみがある。

さて、もしわたしが判者の俊成卿ならば、左右歌、いずれを勝にするだろうか。あるいは引き分けの持《じ》とするか。慈櫂はそう思いながら、自分ならやはり左歌こそ勝としたいものだと思った。

思出《おもひい》で多き我身なりけり、がいい。

5章　夢に来て

1

日脚が大股でお堂の庵の茅葺屋根にしずくをもたらしながら、そして雲が翳ったりさっと明るんだりと、時間があるのかないのか、一瞬なのか、もう半日も過ぎたのかと、慈櫂は歌合の綴本を手にしてうつむいていた。そして、ようやくのこと、次の八番の左歌をよみくだしたとき、この一首がまるでわがことのように思われたのだった。いや、自分は一体何を捨てて来たか、何一つも捨てられないままにここにこうして坐しているだけではないのか、それなのに左歌はわが身のなかに蕭条《しょうじょう》として澄み渡って入って来た。

花にそむ心のいかで残りけむ捨てははててきと思ふ我身に　裳15

何もかにも捨て果てて来たはずの我が身であるのに、花を愛するこころだけはどうして残ったのだろうか。心にあの色を深くしみこませるように思いを寄せるその心だけは、どうしても残ってしまったのだ。うつくしきものと心の契りを結ぶこと、これだけは残った。慈糴はまるで冬の奥山に残った燃えるような紅葉の一葉をここに見るように思った。そうとも、これが西行上人の心なのだ。

慈糴は自分を恥ずかしくは思わず、自分もまた歳月の果てにはこのように言うのではなかろうかと思って気が遠くなる思いだった。果たして自分には捨てて捨ててくるほどの何があっただろうか。たかだかいびつな我欲やら煩悩くらいのものだ。わたしにとって最後に残るものとは一体何だろうか。

そう考えに耽っていたところに背後から西行上人の声が聞こえた。晴れやかな声が立ち上がって慈糴の真向かいに来て、経机に向かって坐り、一時《いっとき》の午睡が長くなったことの言い訳をした。慈糴が歌合の三十六番全部を読み終えたものと思ったのだ。慈糴はあわてて答えた。はい、まだ八番までです。西行が眼をまるくしたようにして慈糴を見つめ、笑顔になった。そうか、おお、八番の左歌だね。わたし自身は、左歌を勝としたいのだが、さてどうだろうか。俊成卿だったら、まちがいなく左を勝ちとすることだろう。慈糴は小さい声で、はい、わたしもそうだと思います、と言い添えた。

西行上人はそらんじた。捨てはてきと思ふ我身に、と繰り返し言い、これだけは分からないことだが、花にそむ心だけは、これはだけが残った。どうしてそうだったのか。分からないが、そういうことなのだ。いや、そうは歌ってみても、わたしは不思議な夢を見ていた。おお、いまそれを思い出した。西行は湯飲みに白湯をついで一口啜ってから言った。

わたしが突如として出家遁世して、わたしが捨て去った妻と娘。午睡の夢に尼になった妻が出て来た。この庵を訪ねて来たが、もう足もよろぼい、厠へも心もとないのでわたしは妻に手をかして、土間から先をそろりそろりと妻に歩かせていた。妻はもちろんもうすっかり媼《おうな》になっているのだが、わたしを懐かし気に見上げて、わたしの名を西行とも円位上人とも呼ばずに、若かった都での日々のように、ノリキヨさん、と言うのだ。そして伝い歩きをしながら、ノリキヨさん、あなたが歩けなくなったら今度はわたしが手を引いてお返しをしますからね、そう言って、気がつくともう妻は傍らにはいなくなっていた。思わずわたしは泣いたのだ。胸が詰まった。そのことばに。精一杯のそのことばに。妻も涙を浮かべていた。一体、もう何年、逢っていないことだったろうか。妻はわたしの出家遁世の後ほどなくして尼になり、高野山の麓の天野に小さな庵を結んだ。わたしにしてみれば、わたしの荘園の田仲の庄は指呼の間であったから、なにかにと安心だった。ああ、それから何年経たころだったか、娘は九条の民部卿の御娘の冷泉殿の養女になって慈しまれていたのだったが、ゆえあって、わたしみずからが不憫な娘を連れだして尼になって天野にいた妻のもとに送り届けた。娘はもう十五歳にはなっていた。そして安心してわたしはわが道を旅し続けたのだったが、たしかにわたしは捨てて捨てて来た身ではあるが、妻と娘との音信は欠かさなかった。

泣き出しそうな慈櫂の驚いた顔をおかしそうに見て、西行は言った。これはびっくりさせたね。わたしはこのように捨てはててき、いちばん近きにともにある妻子を捨てたと言うても、心は捨ててはいない。妻は妻で分かっている。互いに修行の身となった。女人としてこの世をどのように生き、逃げ切るか、わたしのような出家遁世で飛び出してしまったあとの生き方はそんなにあるわけではない。妻はわたしの道の成就をひそかに祈りつづけて生涯を全うして来た。

ところが今しがたの午睡の夢で、わたしははっと思った、とつぜんこれまで覚えたことのない不安が心に湧きあがった。慈櫂さん、わたしはこの冬のうちに、天野まで旅して来なくてはなるまい。老いた妻が天野の庵でどうしていようか。娘が一緒だから心配はなかろうが、わたしはこの年になって急に不安になったのですよ。俗に旧妻というが、妻は妻で、いわば同じ旅路の同行の心友なのだ。わたしは妻のためにと何一つよきことをしてあげなかったのではないだろうか。わたしは急ぎ、妻の手を取って歩かせたく思う。

西行上人は憂いと悲しみに満ちていた。

歌合はなし終えた。慈櫂さん、どうか急ぎこの一巻の浄書を、九条烏丸の俊成卿のもとに、比叡山に戻るさいにお届けしてもらいたい。西行はとてもあわてふためいたように立ち上がり、浄書の正本を厨子の中から取り出して来た。経机に向かって、俊成卿へ手紙を書きだした。それから慈円座主への礼状をもと、したため終った。慈櫂は西行上人の筆が流れるようだったのをまじかに見た。指がどうかしたのか、筆は人差し指におしつけそれを親指が支え、そのために筆先が内側にむくので、書体は腕全体で書かれたようなかしいだ字になった。

さあ急ぎなさい。そう西行は慈櫂に言った。

さあこれで歌合は終わった。俊成卿からいつ判詞がとどくにしても、あのおかたのことだから、存外早く届くのではあるまいか。そうでしたね、若い慈櫂よ、あなたの申し出は忘れていませんよ、わたし自身がいま一度自作の歌をさかのぼること、そして思い出すこと。もっとひろがりのある、歌の余白に、歌われざる物語があるか。それを辿ってみるつもりです。また逢いましょう。

西行上人の心に突然旅心が兆したのだ。慈櫂はまぶしかった。このお齢で、高野山まで行き、さらに天野にくだるというのだから、しかも冬の日の旅だ。慈櫂は大切な任務を頂き、歌合の正本を紫の袱紗《ふくさ》に丁寧に包み、袈裟懸けの袋に納めた。慈櫂にはこのような大慌ての心の急ぎを西行上人に見るとは思いもかけなかった。生涯の勧進の事業の旅もすべて終わった、残るは、さあ、慈櫂さん、倒れ伏しておるかも知られない妻をたすけに行くことだ。西行上人は若やいでいた。そこへ猟師の嵯峨山が午後の茶菓にもと冬の干し柿と茹でた笹栗を笊一杯にもって庵にやって来た。西行はそれを慈擢のお土産にしなさいと言った。なあに、わたしは冬の旅になっても、ほら、心強いこの嵯峨山さんが居るから大丈夫。猟師は何のことかと思ったが、はい、どのようなお供でもいたします、と答えていた。

慈擢は知らずしらず明朗に、愉快にも感じ、八番の左歌の、花にそむ心のいかで残りけむ、という上の句を、心中で読み替え、妻にそむ心のいかで残りけむ、とやってみて、なんだかかなしくて、なお可笑しくさえ思った。

庵の外に出ると、雪野は少しも深からず、日はまだ輝いていた。旅慣れた西行上人のことだ、深い雪の道には馬の橇を使うことだろう。春の如月にこそ死なむと願ったお方なのだから、まちがっても冬の天野行きの旅で危ないことはあるまい。

2

この年の暮れはめずらしく心が弱った、というよりも思いがけない風《かぜ》のせいで、天野までの旅がやはり先延ばしということに決したので、寂しさがまさった。孤庵に籠って、冬の日々をやりすごし、いまは雪見も月も心行くまで眺めることもかなわず、臥せつつあれもこれもと思い出していると、ふっと、もう五十年近くもむかしになるか、初度のみちのくの旅先で年の暮れを迎えた寂しさが甦ってきた。

二十七、八であったのにあの年の暮れはこの世にたった一人のように思われて暮れたのだった。宿もなければ寺の一つもなく、見知れる人一人もいない山里を越え、影絵のような農婦やら杣人とたまに行き違いながら、語らう声もなく、激しい時雨がやがて氷雨にかわり、蓑も持ち合わせず、凍え死ぬような思いだった。みちのくの十月はもう川も凍りついていた。渡船もままならなかった。人のことばもまた訛り強くよく聞き取れなかった。風雅に迷い歌枕を訪ねる旅のはずが、もうこの先には歌枕のあるべくもないような異土に深く踏み込んだ気持ちだった。平泉は激しい時雨の奥の彼方に金色の伽藍がそびえているはずだった。あのとき、旅の中に年が暮れて、もう考えることもなくなった気持ちで、はっと、切ない涙の一滴のように、捨てたはずのけなげな妻を、あの幼い娘の笑顔を愛しく思わなかっただろうか。いや、そんな心のゆとりさえなかったように思い出される。おのれの道の迷いのことで精いっぱいだったのだ。

めったにないことに熱で寝込んだので、母屋から猟師の嵯峨山が通って来ては、庵の室の火桶に油断なく炭をくべたし、土瓶にしゅんしゅんと音立てる湯をわかして室の湿りを保ってくれた。一日一回の夕餉《ゆうげ》の膳は、食欲がなくてほとんどそのままに残った。七十歳のこの冬まで西行はおよそ大きな病気も怪我もしたことがなかった。あの大峰の百日峰行の過酷な修行にあってさえ、足一つ痛めはしなかった。風《かぜ》はしばしば罹ったが大事に至ることがなかった。都の流行り疫病も然りだった。長年の回国修行のなかでなにかが培われたに違いなかった。いま指折り数えてみても、親しく心を契った同行の友たちはもう誰もかれもこの世の人ではなかった。みな病に斃れた。たしかにわれわれはみな来世がすぐ近くにありと観念して、それをこそ恃《たの》みにして、歩いて来たのだった。

この暮れの風は以前のように容易には熱が引かなかった。そして臥せっているあいだに年を越した。

ひたすら臥せっているばかりだったので、いきおい西行の思いは自分の来た道のそのものとへとさかのぼるのが自然なことだった。

その思いは、せっかく啓示のようにひらめいた天野行が潰《つい》えてしまったので、なおのこと不安になり、若かった妻のことが思い出されるのだった。妻ももう七十の声を聞くのだったかな。天野の冬はどうだろうか。もっと温和だったように覚えているのだが。

出家遁世者のあいだでは自ら求道のために縁を切り、捨てた妻のことを、旧妻などと言っていたが、しかし旧妻というもみょうなことだ。天野のあのこぶりな草庵で二人は無事にこの年を越しただろうか。おお、娘だってもう五十の年になるのではなかったか。母の尼を助けながら二人でけなげに生きているはずだ。

伊勢の二見浦にいた七年のあいだに、ふと心が騒いで、わたしは一度だけ高野山まわりで麓の天野まで立ち寄った。あのときは、伊勢の海で拾い集めた綺麗な色形とりどりの美しい貝殻を、二人のすさびの貝合わせにもと思い、日がな一日砂浜を歩き、ためつすがめつ拾い集め、穏やかな波の寄せてはひくそのみやびに心を重ね、庵に持ちかえり、小箱におさめた。それを唯一の手土産に持参したではないか。二人で日々の暮らしに苦労していないかとも思ったが、妻には贈与された葉室《はむろ》家寄進の荘園年貢のいくばくかが途切れなくつづいているはずだったから、それだけはありがたかった。

美しい秋のことで、高野からは海を眺めつつ、天野にくだると、もうその先はわたしのかつての所領の田仲の庄の、高野山寄りの稲田が下方に広がっていた。青い紀ノ川がちいさくまたおおきく蛇行し、村が点在し、わたしの知らぬ間に、川筋さえも変えていたではないか。そうだ、平家が壇ノ浦に滅亡したその年の秋だったから、再度の平泉勧進の旅にあがる半年まえのことであったはずだ。そうだった、そうだ、あのときは、これが今生の別れにもなろうかという思いがとつぜんつのったからだった。六十九にもなるわたしが無事に帰京できるという保証はどこにもなかった。みちのく往復三千里、わたしの最後の長途の旅だった。大勧進の使命感があるにはあったが、わたしは自分のいのちを確かめたかったというのも本心だったように思う。

西行は嵯峨山が淹れていってくれた葛根湯を、半身を起こして啜った。そばの盆には甘い葛湯の入った湯飲みと木匙がのっていた。それにちいさく引き裂いた干し柿があった。

ではもう一年半余も逢っていないことになるか。

西行は葛湯をゆっくりと木匙ですくって嚥下し、また横になった。夜着には上から猟師が用いる兎皮で編んだ掛ものがかかっていた。雪のように真っ白でふさふさしていた。

西行は思い出していた。まるで自分がつぎつぎに泉のように、思い出の水を湧き出させているような気がした。天野の里に下りて行くときは、そんなことは思わなかったが、いまになって、婚姻当初のあれこれが絵のように思い出されるのだった。みな忘れ果てていると思っていたのに、かえっていま鮮やかに見え出すのだった。西行は横になって、うっすらと眼を閉じながら、まるですぐそばに妻が坐っているとでもいうように独り言を言っていた。


わたしは成功《じょうごう》で十八の年に兵衛尉《ひょうえのじょう》に任官し、やがて鳥羽院北面の武士に伺候した。そして二十歳。そのときさみは十九歳だった。夢のようにふっくらとしてかぎりなく清楚で美しかった。

きみは白河院の側近で飛ぶ鳥も落とすほどの権力者、葉室家のゆかりのある娘だった。きみとの婚姻はもちろんわたしの将来を有望なものにした。みなはわたしの未来が前途洋々たるものだとほめそやした。

わたしたちは鳥羽院の近くに大きな屋敷をかりうけて住んだ。

紀ノ川の田仲の庄からは、祖父と母、そして弟が祝いに駆け付けて来た。あのときは、葉室家に荷駄に積んで運んで来たのは絹千匹とその他田仲の庄の名産品だった。わたしに有職故実と流鏑馬《やぶさめ》の弓術をしこんでくれた祖父はこれで重代の武門、佐藤家の跡が保たれたと泣いて喜んだ。まして母は、わたしの任官成功《じょうごう》に二度にわたり家運全力を傾けて願った母は、あのとき病身をおして鳥羽の屋敷に祖父たちとやって来て、宴では今様を謡った。子供心にも母が一人口ずさんでいたのは聞いてはいたが、まさか晴れの場であのような母の今様の歌声を聞くことになろうとは夢にも思わなかった。紀ノ川の田仲の庄の武門に嫁いだとはいえ、母はやはり都《みやこ》びとだったのだ。京に来て母は若々しく雅だった。

ああ、それから、母の父、つまり京に住む祖父、源清経《きよつね》が駆け付けて来た。都でも著名な数奇人であり、蹴鞠と今様の名手だった。やがてこの外祖父の屋敷に出入りすることになって、わたしは蹴鞠も今様もおぼえた。

このときはたらちねの母は紀ノ川の荘園経営で都の優美をほとんど忘れかけていたものの、十九歳のきみを一目見て、涙を浮かべて喜んだ。母は自分の十九歳を思い出したのに違いなかった。

今様を謡ったあと、母はきみを傍に親しく呼んで言っていたのを覚えている。母は泣く泣くきみに言った。ノリキヨは北面の武士になりましたが、武門というはいつ何が起こるやもわからぬもの、わたしの夫も若くして領地争いの合戦で命を落としましたが、どうかあなたに、そのような不運がかからないようにと祈っています。

聡明なきみは母を安心させた。わたしは武門のお方の妻にふさわしいかどうか、しかし、わたしは武門のノリキヨ殿に、みやびのことだけはお伝えできると思います。歌は万葉集、古今集、物語は源氏でも、そらんじるほどに学びましたから。

母は十九歳のきみに、都ぶりをこそノリキヨに教えていただいて、重代の武門の荒々しい気性を優しいものにしてくだされと言っていた。わたしは傍で聞きながら、おかしかった。というのも母の父がそもそも雅の風雅の人であったのだから。

ああ、そうだった、九条民部卿の代理で、ご息女の冷泉《れいぜい》殿が来られたのだった。美しく心優しいお方で、信心深い冷泉殿はわたしを呼んで言ったのだった。お二人に万一のことあればいつでもお力になりますよ。貴族も武門もこの世の流れ、いつにどうなるやも分かりませんが。末永くあの子をよろしくたのみましたよ。武門ゆえにと生き急がれてはなりませんよ。

そしてきみとわたしは、ほとんど日々遊び暮らしているとでもいうように楽しかった。わたしは北面の武士の勤務の傍ら、広い屋敷に同僚たちを招いては宴を催した。きみはその宴の花であった。歌合の遊びもしばしば催された。わたしもまた見様見真似でへたな歌を詠みだした。

わたしはきみとの婚姻によって、葉室家と縁ができ、なおまたわたしの所領の田仲の庄は徳大寺家に寄進していたので、そのすじからも院と后に深い絆が生まれていた。わたしは北面の武士ながら、鳥羽院、崇徳院というように、歌をも介して契りを得るようになった。そしてきみはめでたく、無事に一女を、つづいて一男を産んだ。そして健康だった。明るかった。わたしはきみから歌の手ほどきを受けた。母方の祖父からは蹴鞠と今様を仕込まれた。わたしときみは屋敷の庭でもよく蹴鞠の宴を催した。らいらくなきみも宴がとても好きだった。そう、わたしたちは湯水のように財産を使った。わたしには田仲の庄のあがりがあったし、きみには一代限りの贈与された持参金があった。

そしてわたしが二十三になったその秋の十月、うすうすきみは気づいていたけれども、わたしは出家遁世を敢行した。きみは少しもうろたえなかった。嘆かなかった。幸運にもわたしはあなたとのあいだに子を授かりました。北面の武士でこの先勤めを続けたとして、この時代の勢いを見るにつけ、武門とは必ずや早き死を迎えないともかぎりません。むしろあなたが、桑門《そうもん》となってこの世を末永く生きていてくださることのほうが、わたしには喜びとなります。ノリキヨさん、あなたはあなたの求める道をきわめてください。

いま庵に一人臥したまま七十歳の年の暮れの西行は、すっかり忘れていたが、昨日のようにに妻のこのときのことばを思い出していた。涙ではなく笑顔だった。そして言ったのだった。いいですか、ノリキヨさんは、どんなに流鏑馬の名手であろうとも、あなたは猛々《たけだけ》しい武門の武者向きではありません。わたしたちのことは、心配せずに先へ進んでください。あなたが出家したとなれば、おのずと言うまでもなく、わたしはあなたの心の伴侶として、わたしもまた善き折に出家して尼になり、あなたの修行に心を添わせましょう。宮の女房のみなさんとて、女御様、門院様が落飾《らくしょく》なされるに際しては、出家して尼になり、庵を結ぶではありませんか。ただひとつ、どうか、娘と乳飲み子の息子については、わたしの手で育てることよりも、葉室家の養女養子にして、将来を考えてあげようと思います。冷泉殿はまことに子煩悩で信心深いお方です。あなたのお子ですから、きっと将来どのようにもなりましょう。

それからきみは初めて声をあげて泣いた。わたしは、わたしが道をきわめたあかつきにはきっときみを新たに迎えにゆくだろう、と言った。そのとき二十三歳になっていたきみは、まるで子供のように泣いた。わずか四年足らずの夢のような宴の日々だった。

わたしはすべてをきみに託して、心高ぶった気持ちで、思いに任せ定まらない修行の漂泊に出て行った。

きみが高野山の麓の尼村である天野の里に庵を結んだと知ったのは、それから三年のちだった。わたしは安堵して、きみに手紙を送り、その翌年であったか、さらに心を定めるべく、歌枕を訪ねて初度のみちのくの旅に出た。ふしぎなことに、わたしは一度としてきみを捨て去ったという気持ちも覚えもなかった。みちのくの旅にあっても、わたしはきみの心とともにあって、旅のありとあらゆる物語を話しきかせていたように覚えている。すべて聞いてくれるのはきみだった。

そして妙なことに、わたしは幼い娘のことも息子のこともほとんど思わなかった。男親とはそういうことだったのか、あるいはわたしの心がそのような性質だったのか。きみのことは思っても。

血がつながっていることで、そのことゆえに、かえって安心だったのか無関心だったのか。わたしが幼くして父を失くしているからだったのか。

そうだ、最後にきみに逢ったのは、やはり、去年の春のことであったか。わたしは伊勢の庵を発ち、その足で一旦高野に向かい、それから天野へと下った。花の盛りだったね。平泉への大勧進に赴くに際して、妻に一目会っておこうと思ったからだったではないか。

寝返りを一つ打ってから、西行はきゅうに可笑しく思った。あの若い慈櫂が、うん、あれはわたしの若かった日のようなことを言っていたが、可笑しなことを言うものだ。曰く、西行上人、なぜにあなたはもっとも親しい肉身や縁者について歌うことがないのですか、いちばん身近な血を分けた方たちのことを。

あのときわたしは、おや、そうであったかと初めて気づかされた思いがした。なるほど、そう言えばそうだ。わたしに弓術と有職故実を叩き込んでくれた検非違使尉で退任した祖父季清、若くして死んだ父康清、外祖父の数奇人源清経、そしてたらちねの母についても、これと言って歌に詠んではいなかった。私事を詠まないということが歌の掟《きまり》とでも言うのでしょうか。でも西行上人、あなたはたえず自分の心は詠っています、これは矛盾ではないでしょうか、などと慈櫂が言ったが、あれはまだ未熟と言うものだ。明瞭に歌に詠んでいなくても、わたしの歌の余白にこそ、彼らはみな生きているのだ。気配というものだ。だれが月を詠んだ歌に、ただ仏性の全円の輝かしさのみを直感するだろうか。花にしてもおなじことだ。

詞書《ことばがき》のある歌の数々は、もうそれだけで具体的なひとびとのことを詠んだということがだれにでもわかるが、多くのわたしの歌は、詞書がない。その歌の余白に、あなたたちはいるのだ。いや、こうも言える。その彼らはわたしとおなじ血をひいているのだから、わたしとは別人でありながらしかしおなじだと思えばこそ、たらちねの母も父も、祖父も、外祖父も、みなわたしの血の中にあるのだから、とりわけて歌に詠むこともない。

しかし、妻だけはちがう。血は同じではない。心は同じだとしても。だからわたしの歌には、初々しい妻が遍在する。はっきりと、その歌はどれだったろうか。

西行の熱は同じようにつづいているが、心身のどこかに熱がそっと出ていくような感じがあった。吸う空気に少し清らかさが感じられた。

西行は眠りに落ちた。

3

あの春の花の盛りに天野へと歩き続けたときの思いが、浅い眠りの浅瀬に風が立ったとでもいうように、荻の葉むらにそよがれる気持ちで、熱が少し少しと引いてきたのか西行に触れて来て、いまここで妻が看病して額に手をあて、そっと冷たい布をとりかえているような幻が浮かんでいた。西行の呼吸はおちついて来た。きみが来るのは思ってもみなかったが、やはり来てくださったのか、冬枯れの天野の野を、それから険しい高野の峠はもう雪降りつんでおらなかったか、おお、まだ晩秋のようであったのか、と西行はつぶやきにして言い、ああ、葛城《かつらぎ》の麓を回って来たのかな、そうまたつぶやき、眠りに落ちるのだったが、夢はめまぐるしく冬の雲の流れのように掠れて、その雲の流れの中から見知ったひとたちの似姿が幾たりもあらわれては消えていった。

そうして、そのなかから一人の僧形のどこかで見知った顔立ちの若者が現れた。まるで自分の若かった頃の水鏡にうつったような似姿に思われた。しかし近づいてくるその僧の顔立ちは決して若くはなくもう初老のようだった。どう見ても高僧の阿闍梨《あじゃり》がまとう衣だった。阿闍梨はきれいな笑みをたたえて西行を見つめた。それからお久しゅうございますと言ったのだった。円位、西行上人、わたしは九条僧都《そうず》隆聖ですよ、お忘れでしたか。あはは、それもそうでしょう、いいえ、それでよかったのです、と九条僧都は言い、西行のかたわらに坐してのぞきこんだ。

西行はたちまちに悟った。乳飲み子のこの息子をわたしは捨てたのだ、それがこのようになってわたしのまえについに現れたのだ。

とうとうお逢いすることができましたね、と僧都は言った。顔立ちには修行で鍛えられた烈しさと清澄さがともに調和して温和だった。北面の武士佐藤義清はこのわたしを捨てましたが、それが正しかったのだと今にして分かりましたよ。父よとわたしはあなたをお呼びすることはできませんが、それでもわたしはあなたの血を継いでいる身です、しかし、どうして血筋にとくべつな意味をみいだすことができましょうか。草の、花の、その種子を思ってくだされば分かりますが、わたしは乳飲み子からまったくことなる境遇で芽吹き、育ち、憂き世の風に晒され、修行の果てしに至って、いまこのように阿闍梨となって高貴なる方々の心のみちびきをするようになりました。わたしはあなたを一度としてうらめしく思ったことはありません。

父なき子などはもうこの世ではいくらでもいることで、そのことに躓《つまず》くことなく生き延びていくのが、わたしには、もちろん母のゆかりゆえに葉室家の恩顧をうけてできたことですが、このように修行の果てに、おかしいですね、やはりあなたの血筋には高僧をうみだすような何かいとおしいせつなる心情が脈々と流れているのでしょうか。西行上人、あなたは決して高僧に至る道を歩まなかった。あなたは歌において同じ思いを成就しようとなさったのだと、わたしは思っています。そしてわたしもまたどういうわけか歌を詠み、歌において心をさらに澄まして生きているのですから、やはりあなたと心が響きあっているのだろうと思うのです。おそらくあなたがこの世に生きておられる間に、わたしはお逢いすることはなかろうかと思います。

逢うてもまたこの世では別れるのですから、逢うは心においてともにあることで、わたしたちにはそれが道だろうと思います。分かりあえるのです。わたしはあなたの歌はすべて詠みつくしました。そしてわたしはあなたの歌からさらに清澄な境地へとこの先を進んで参ろうと思っています。わが心の父、西行上人、あなたとは逢えずとも、わたしはしばしば慈円座主からの問いにお答えすることがあるので、あなたのことはそれとなく多くを聞き知っているのですよ。わたしにはそれで十分なのです。

思ってもみてくださいな、わたしはいまでも鳥肌がたちますが、あなたの身の奥に秘められた数百年も鍛えられて本性と化したとでもいうべき武門の武者魂が、もしあなたがわたしたちと縁を切って出家していなかったなら、あなたはそののちの政争の乱にも馳せ参じて、あなたの歌などはこの世になかったことになっていたでしょう。保元の乱然りです。あのときわたしはすでに得度《とくど》していました。壮年の僧形のあなたが、仁和寺北院に崇徳院のもとに馳せ参じたというおどろくべき報せを、耳にしていたのでした。円位上人、歌僧にして、そこまで崇徳院のために義理を果たすのかと震撼させられたのでしたが、あなたはそういう心情のお人なのでしょう。それはけだし密教の修行などではおさまるものではありますまい。歌だけがあなたの修法であったのではないでしょうか。

西行はじぶんよりもひとまわり骨格も大きく胆力ある九条僧都を見つめ、父が子を超えていくとはこういうことだったかと思い、まるで旅路の景色を見るような思いで、わが子を見たが、いや、これはわたしの息子というべきではあるまい。ただわたしがその生の契りになったというだけのことだ。

西行の夢の景色はきれぎれに流れていった。九条僧都隆聖の声が遠のくと、ふたたび歌合の歌の気がかりがふっと浮かび、それから、ふたたび天野の尼村へ急ぐ春の旅へもどっていたのだった。

あれは歌合の二十番の右歌だ、そうだ、あの歌だ、わたしはこのような仕方でしか、思いを歌わなかったのだ。乳飲み子で捨てた息子のことも、妻のことも、可愛い娘のことも。夢の中で、西行はその二十番の右歌をそらんじていた。

月見ばと契《ちぎり》おきてし古郷《ふるさと》の人もや今宵《こよひ》袖濡すらん　裳40

月を見たら思い出そうと約束していたのだ、きっと古郷のあなたも約束を思い出しているだろう、そうわたしは詠ったのだが、これはわたしが若かった妻に心で語りかけた契りだったのだ。古郷と言うのは、いまは庵を結んでつつましく暮らし、里の姥《うば》たちの身を案じて救けているわたしの老いた妻と娘であるほかはないではないか。西行はいま、花の盛りの天野へと走るように向かっていた。

西行はしばらくしてふっと薄目をあけた。冬の日ざしが空の後光のように室に満ちているようで、かすみがかかっていた。するともうここが妻と娘のいる天野の庵だったのだ。妻は西行の草鞋をほどき、娘が小川から水を汲んで来て、ふたりがかりで足を洗っているのだった。ええ、ノリキヨ殿、分かっていましたよ、と西行の妻は袖口で涙をぬぐった。娘は、西行上人様と言いかけてから、父上様と言い、また涙した。西行は思い出した。何不自由なく、冷泉殿の養女として可愛がられて育ったこの娘が、ゆえあってどうしても冷泉殿の妹御が婿をむかえるとてその侍女になるということになって、西行はそれを知っていたたまれずになって、十五になる娘だけはその境遇から救けだしたかったのだ。幸い、妻は天野で尼として尼村でも信望を集めていたのだったからだ。

西行は足を洗ってもらいながら、これから三千里のみちのくの旅に出なくてはならない、もしこの最後の旅にいのちを落とすようなことがあったら、と言った。いいえ、と尼の妻は答えた。あなたにはきっと神仏のご加護がありましょう。ただ、お年ゆえ、いくら騎乗になれた身とはいえ、北面の武士だったのははるか遠い昔のこと、ゆめゆめ旅で騎乗はなさってはなりません。

出家遁世したときも、妻がおなじようなことを言ったように西行は思った。天野の妻の庵は草深かったが、こぎれいに手入れされた菜園に雀たちが集まっていた。山桜も満開だった。そしてあちこちに菜の花が風にそよいでいた。

妻は西行の足を拭きつつ、ええ、あの頃と少しも変わらず、あなたの心は宴ですね、と言った。西行は夢のなかで答えていた。あなたも同じだ。

4

長引いた風患いも正月もなかに来て、ようやく退散の兆しを見せだしたところへ、九条烏丸の俊成卿の使いが嵯峨野に嬉しい手紙をたずさえてやって来た。西行は清新な空気を味わうような気持ちで呼吸をし、床に起きて、俊成卿の従僕を迎えた。このかんなにかにと西行上人の面倒を細やかにみてほんそうしてくれた猟師の嵯峨山は従僕に向かって、誇り顔して、やはり京の本寺から薬師《くすし》をお呼びできたのが幸いでしたと言い添えた。従僕は、実はわが俊成入道様もお疲れがたまって風をこじらせてたいへん苦労なさっておりましたと、言うのだった。

なにしろ、あのような大部の千載和歌集の最後のまとめで昼夜をおかず仕事でしたからとも言ったので、嵯峨山はまた嬉しそうに、そうでしょう、わたしらの西行上人様も、長患いにも拘らず、寝ても覚めても歌のことばかりでございましたと答え、母屋に駆け戻り、茶菓の用意をしてまた戻って来て、西行上人のすぐそばに控えていた。従僕はおいしそうに山茶の一服をいただき、干し柿を一つ拝むようにして食べた。

西行は俊成卿の手紙を一度読み、それからまた眼をすがめるようにして懐紙に書かれた小さな手蹟をまるで庭の草花でも愛でるようにして、ふむふむ、ん、というつぶやきとともに読み返した。西行は、使いの従僕へとも、嵯峨山へとも、聞かせるとでもいうように、しかし、それはもっとだれか別のここにいない人にでもいうように、しわがれて、ちょっと喉に小さな痰がからまったような声で、息を強く吐きながら、ひとりごちたのだった。

そうでしたか、そうでしたか、俊成卿とわたしとは、わたしが四歳下ですから、この年になれば風の一つと言ってはおられない齢とはなったのだなあ。思い出のわたしたちは実に若いままだけれども、それもまたみな過ぎ去る。俊成卿の偉さはこの道一筋の追求心、そしてたえることのない持続、そして本朝の歌のことばとその歴史、歌のひとびとのすべてを、その歌人のひととなりまで博捜して、ご自分のゆるぎない歌論をつくりあげた。とうていわたしなどにはできない事業だ。

なるほど、千載和歌集はこの二月にはいよいよ院の御総覧がなって、勅撰和歌集となって公になるか。最後にご苦労なさったのは、ご自分の歌草が少ないと院に言われて、もっと採りなさいと。いいお話だ。俊成卿はああ見えてひどくご自分を抑える。なんということか、不肖西行の歌を十八首も採っていただいたとは、これはもうキツネにつままれたようなお話だ。慈円座主から洩れ聞いてはいたけれども、それがこうして確定となろうとは。

西行は風患いで大きく窪んだぎょろりとした横目で、嵯峨山を見た。そのぎょろ目には笑みが浮かんでいた。ふむ、二月、きさらぎには、いよいよか。あははは、これはこれは。そうだった、わたしが高野山に庵を結んでしばらくして、あれは三十四のときであったか、詞花《しか》和歌集だった、崇徳院の下命で編まれた本朝第六番目の勅撰和歌集であったが、あれにわたしの歌が、一首だけ、入集したけれども、このたびはそれ以来のことだねえ。この齢まで、そうだなあ、まずは二千首は詠んできたように思うが、俊成卿からのこの朗報には、ただただびっくりするだけだ。おもしろいことだ。あの詞花和歌集はとても小さな集であったが、あれには新進気鋭の俊成卿でさえ一首も入らなかったようにおぼえがあるが、そのような俊成卿がいまこの歳になったわたしの歌を、十八首も、おお。おお。思うてみれば、やはり、歌道に情熱をかたむけた崇徳院との心の契りあればこその、このたびの縁、千載和歌集にこのたびの十八首入りは、崇徳院の歌の未練の縁とでも言うべきか。

そうであったなあ。崇徳院が讃岐国に配流されて八年後に崩じてのち、わたしはさらに四年は経ってから、そうだ、五十の声を聞いて、ようやく崇徳院の魂鎮《たましず》めにもと讃岐へ渡ったのだったが、まさか、来世において院はこのたびの千載和歌集へのわたしの入集をいかが思われようか。

西行上人の声がしだいによどみなく、声が強くなってくるのが分かったが、猟師の嵯峨山にはよく分からないのだった。俊成卿の使いの従僕は、主に西行上人の喜びようを伝えたいのか耳を澄まして聴き貯めていた。

なにが縁となるか、これは歳月がかかる。縁のその姿、その色がみえて来るには、出来事や出会いの縁の糸のからまりが簡素になるまでの年月がかかる。それも十年二十年というような短さではどうにもならない。

そうとも、崇徳院との歌の契りと言えば、わたしが二十五で洛外に草庵を結んで、まねびのような半俗半僧の暮らしをしていたことだった。北面の武士を投げうって出家したてで、恐いもの知らずで、若き右大臣藤原頼長殿に一品経勧進《いっぽんぎょう》におしかけたりとか、武門の本性まるだしの行動家気取りだった時分だった。崇徳天皇は、鳥羽院のもとで近衛天皇に譲位させられてのち、新院となられた頃のことだった。わたしは鳥羽院の北面の武士であった縁もあり、御子《おこ》崇徳天皇ともまた縁があった。崇徳天皇はわたしと同年と言ってもいいくらいだが、若くして新院になられたものの、保元元年に鳥羽院が薨去なされるまではいわば政事《まつりごと》の実権をにぎることはかなわなかった。新院は武人にしてもおかしくないほどの剛毅の気性だったと覚えているが、新院ははからずも歌の道へと情熱の舵を切ったのだ。

その頃に出家僧駆け出しの不逞な顔つきをしたわたしが、わたしの縁者が新院の勘気を蒙ったので、なんとまあ、新院におゆるしを願う申し入れをしたものだった。わたしにはそういうような大胆不敵な行動に出る悪癖があった。そうしたら、あろうことか、新院はわたしのことを覚えておられて、このような一首を返してくださったのだから、忘れもしない。わたしは自分の詠んだ歌はほとんどそらんじているといっていいのだよ。

崇徳院のお歌は、こうだった。

俊成卿の従僕も猟師の嵯峨山も、眼をまるくしたように驚いて西行上人を見つめ、耳をそばだてた。西行上人が、そのようにあの保元の乱で敗れ、讃岐に流されて憤死したという崇徳院とそのような縁と心の絆であったのかと、ほうーとため息がでるような、昔物語を古老に聞いているような感慨をおぼえたのだった。

最上川綱手《つなで》曳《ひ》くらん稲舟《いなぶね》のしばしがほどはいかり下《おろ》さん　山1163

わかるかな、新院はこのような才気煥発な一首で、勘気をおさめてくださったのだ。出《い》羽《で》の国の最上川だがね、そうそう、わたしはこのいただいた歌の一年後には、初度のみちのくの旅にでるのだからね、そう、旅の目的は、歌枕をたずねてだが、あなたたちにはわかるかな、実は、出家してまだ新米のわたしはまだまだ心が揺れていたのだったが、そこへ崇徳院の歌に寄せる熱意にひどく共鳴して、それならば、これをしおにみちのくの奥地まで歌枕をたずねようと行動に出たのだったから、やはり若い崇徳院との心の共振だったと思うのだ。

ふむ、最上川はわたしものちに渡ったがそれはそれはゆうゆうたる大河だった。収穫した稲は、舟にのせて綱曳きで運ぶのだねえ。船曳人夫たちが歌いながら舟を曳いてゆく。いや、小さき舟ではない。大きな船だ。そのようにして稲を運ぶ。そのいかり、つまり碇、つまり怒りを、しばしのあいだは碇を下ろして、怒りはとどめおこう、という歌の意味だったのだねえ。ご自身の勘気にたいしてこのような寛大な配慮を、歌にしてこのようなわたしに返してくださった。これをわたしは忘れなかった。さあ、それでは、わたしは崇徳院のそのお心に対してどのような歌の返しをお届けすべきだろうか。その頃のわたしの歌には、みやびも何もないような理屈と直情的な心ばかりだった。崇徳院は、しばしの間は勘気を保留しておこうというお心だった。しかしまだ院の勘気はとけてはいない。さあ、わたしはどういう歌の返しで、激しい気性の院の勘気をほどくことができるだろうか。

それでじゃ、ただちに考えるまでもなく、即興で、わたしは崇徳院へこのような歌を返したのだった。

強く曳く綱手《つなで》と見せよ最上川その稲舟《いなぶね》のいかり収めて　山 1164

さあ、どうかね。この一首で、崇徳院はお許しくださったのだ。わたしとしては切羽詰まったみやびもなにもない直情歌だったけれども、崇徳院はこれをよしとしてくださったのだ。この恩義は決してわすれるものでない。

どうしたかな嵯峨山よ、さっぱり意味が飲み込めないようだが気にしないでよい。稲舟は、否舟、という掛詞になっていて、勘気をまだ許さないという院のお心のことじゃ。その稲舟のいかりをあげて、最上川よ、強く曳く綱手と見せよ、そうわたしは詠ったのだ。まだ、不審げな顔をしているが、では、俊成殿のお使いのあなたはどうですか、と西行は質問を振った。

すると、使いの従僕は嬉しそうに、はい、と答えて、言った。ここは最上川という出羽の国一の大河でしょう、酒田湊に落ちる。いいえ、本朝一とも聞きます。若き崇徳院は、この大河の枕詞をこそご自分にさりげなく譬《たと》えておられたやに見えましょう。西行上人の歌は、初句の、強く曳く綱手と見せよ、というように、大河の最上川に語りかけておられたのではないでしょうか。崇徳院に、勘気を解かれて、強く曳く綱手となってくださいませんか。きっとこのような調べが、崇徳院に伝わったものだと思います。

西行上人はこれでもう熱が急速に引いてしまったのを実感したような、上気した顔になった。おお、うれしや、さすがに俊成卿の使者でいらっしゃる。西行は床を離れ、経机に来て坐り、しばし墨を摺り、俊成卿によろしくお届けしてくださいと懐紙に、歌ではなく、ちいさくよじれたような仮名もじを流れるままに書きしるした。それをまた料紙に包み、使いの従僕にわたすと、そこで息が切れたとでもいうように、すこしいざりかけながら、床に戻った。嵯峨山が山茶の茶碗を運び、西行上人に勧めた。

俊成卿にくれぐれもよろしく。心友西行はまだ一仕事をあなたのようにしたいと渇望していると、お伝えあれ。如月《きさらぎ》来れば、花が咲く。わたしは花来るまでは生きなくてはならないのです。いや、あと何年残されていようかな……、むろん俊成卿の方がはるかに長寿をもってこの世に歌の道をつくられるでしょう、それに若き定家さんがおられる。わたしはすべてを若い人々の未来にゆだねましょう。

6章　春の雪

1

庵の土間にも春めいた風が流れ入るようになって、西行の長かった風患いもようやく本復をむかえた頃合いだった。山の雪景色は急速にくすぼれてゆき、笹をはじめとする草木が雪をはらいのけて鮮やかな緑を現し始めた。嵯峨山の稲田はもう斑雪の残りが滴をしたたらせ、畦の小川のへりには芹が生えだしていたのだった。

鶯のような声で法華経を唱えているらしい声が、それは一人ではなく二人の唱和のように聞こえたが、庵にむかってうれしそうに届いた。西行は、冬の終わり、春のいちばん最初の音ずれのように、これはまちがいなく自分をこそ訪ねてきたものと察して、ことのほか嬉しくなった。柴垣の木戸に大きな声で、西行上人、おじゃまいたしますゥ、ということばが弾けた。経机に朝からむかっていた西行もまたできるだけ大きな声をだすように答え、立ち上がった。

土間の式台の前に、思いがけず、慈糴《じかい》がそのうしろにもう一人の若者をともなって立っているのだった。おう、おう、きみであったか、よく来なさった、さあ、中には入りなさい、いや、心待ちにしていたところと言うべきか、おお、そちらも遠慮なく、どうぞ、というように西行はうきうきとした声になった。

そうして、西行の経机を囲むようにした、この若い二人はかしこまって坐り、挨拶の口上をのべた。

慈糴はこの一冬のうちに背丈までが伸びて見違えるようだった。相変わらず能弁で、西行上人をにこにこしながら見つめ、まずお詫びから申し上げますと話し出した。西行は久しぶりに生きた人の声を聞くように思った。猟師の嵯峨山と声を交わすだけの日々であったし、あとは臥せっているあいだの思い出の人々や出来事との語らいだけだったのだし、そのほとんどは自らの詠んだ歌との語らいだったからだった。

ご報告もままならず、慈円座主様は延暦寺とのいろいろと揉め事に翻弄され、ようやくひとかたついたところでした。先般は、言うまでもなく九条烏丸の藤原俊成卿にはまちがいなく御裳濯河《みもすそがわ》歌合の正本はお届けいたしましたが、そのご報告も怠慢でありましたこと、どうかご宥恕ください。さてこのたびは、慈円座主からのお使いで参ります途次に、俊成卿様にお目通りできまして、西行上人殿へとお言伝までいただいて、参った次第です。

西行は、おお、そうでしたか、俊成卿からは使いが来られてありがたいお手紙をいただきましたよ、と西行は口を挟んだ。はい、伺いました、と慈耀は間が悪そうに答えた。わたしは本当に遅れ果ててしまいました。それで、まずは朗報でございます。なんとあのお忙しい俊成卿が申しました。十年越し、ついに千載和歌集は成就した。後白河院がわたしの歌が少なすぎるとおっしゃられて、その選歌に苦労していたが、それも無事になし終えた。よって、西行上人のこのたびの自歌合の判詞については、花の咲く頃、万が一諸般の事情でおくれることがあっても三月にはお届けできる。首を長くしてお待ちください。西行殿のこのたびの自歌合は本朝での最初の試みです。自分としてもこの歌合の判者にもと指名いただいたことを栄誉とも思っています。

慈耀はよくしゃべる。西行はうっとりとなった。花の頃か、二月、きさらぎの頃にか。ああ、なんというご配慮か。慈耀はまだしゃべった。俊成殿は西行上人の風患《かぜわずら》いをたいへん案じておられました。ご自分も実に早くに大病されて、その奇跡的な快癒に感謝して、入道になられたのですから、古稀越ゆる西行上人のご健勝を案じておられたのです。わたしには、神仏のご加護あればであるが自分は九十までも生き延びてこの世を見届け、つまり和歌の行く末を見とどけて入寂したきものだ、とも言われました。

西行は俊成卿との幾久しゅう長いつきあいの契りを思って、言った。まだ若かった年々は、先達の西住上人と一緒に、焼失するまえの俊成卿邸におたずねしては長日の歌談義、あるいは時に時局にも言い及び勝手気ままなものだった。無常のこの現世を生きるには、歌にはよらないではすまないことを、わたしたちは理解しあったものです。

身にしむ忝《かたじけな》いおことばです。ふむ、俊成卿ならさもありなん。百までとは言われまいが、九十なら大丈夫でしょう。ひきかえわたしは、とてもそこまではいくまい。あまりにも旅が長すぎた。鉄の脚にも錆が来てしまいました。

それから慈櫂はようやく本題に入ったのだった。

慈櫂のそばに畏まっていた若者のことだった。こちらがわが友、秋篠《あきしの》です。大津で茶を栽培しているのです。慈円座主からの贈り物とて、この秋篠のお茶をこそ西行上人にお届けなさいとのご下命だったのです。で、この秋篠は茶づくりが専門ですが、趣味は歌を読むことです。いいえ、自分では詠まないのですがね。

秋篠という若者は慈櫂の紹介を受けると、消え入るような小さな声で、卑賤なる秋篠と申します。まさか西行上人様にこのように直にお目にかかれるなどとは夢にも思われませんでしたが、このたびは慈櫂さんのおかげで、ご一緒でき、お目もじかなってもう頭のなかが真っ白になるくらいです。慈櫂はなにやら兄貴分のような満足気な面もちでほれぼれと秋篠を見ていた。

秋篠は携えていた頭陀袋から木の小箱を取り出して西行の経机にそっと置いてから、言い添えた。これが秋篠流の茶でございます。こぞの茶ではありますが、最上等の秋篠茶でございます。どうぞ、円位上人様、この茶の薬効によりまして、俊成卿様と同じほどの長寿を願いたく思います。代々わが貧しき家に伝わるお茶畑でとれたものです。いただきかたは、この茶の葉を刻みまして、それをよく煮出して一服、二服、薬のようにいただくものでございます。

西行は、おお、お茶でしたか、これはこれは病み上がりになんという高価な贈り物でありましょう、ありがたいです。

秋篠の農民ふうのえらの張った顔が満月のように笑みをたたえた。

西行は言った。いや、真のお茶の味は舌がおぼえています。いや、あれはどこでいただいたのだったか。讃岐でだったか……。ここ嵯峨野の庵では、笹茶だの山茶だのといただいていますが、ああ、きみたちとともに早速にもいただきたいものだ。すると秋篠がすぐに立ち上がり、土間の竈で煮出してまいりましょうと言った。そこへ嵯峨山が来客に気づいて駆け付けて来たので、西行は嵯峨山にこれを頼んだ。嵯峨山は本物のお茶と聞いてびっくりした。二人は気が合ったらしく、竈で火を焚きつける秋篠の言う声がした。はい、最澄様が唐国に渡らせられたおりに持ち帰ったのが、このお茶の始まりだとか家の言い伝えでは聞いていますが、くわしくはさっぱり分かりません。

西行はそのお茶が沸いてくるまで、慈櫂とよもやまの話にまぎれた。都の話だった。それと比叡山の内紛の模様だった。そうして話しているうちに、あ、と西行は思い出したのだった。

はて、秋篠というのは、どこかで聞いた名だと思ったが、慈櫂さん、もしや、最澄様と唐からご一緒に帰国なされた、ふむ三百年も昔にもなるだろうか、梵釈寺を開かれた永忠大僧都《だいそうず》の俗名が秋篠ではなかったかな。

慈櫂はうれしそうに相槌を打って言った。そうなんですよ、大津ですからね、秋篠はまちがいなく永忠大僧都を出した一族のゆかりでしょう。わたしもそれを慈円座主から聞き知ったので、秋篠に吹き込みましたが、本人はただ笑って、さあ、そうかも分からないが、自分にとってはどうでもいいことです、と言いましてね。あははは。秋篠はそういう者です。茶と歌。これが生きがいなのです。出家でもすればよかろうにと思うのですが、それでは茶づくりができないと嘯《うそぶ》く。いずれどなたかよき上人様の茶づくりの師にでもなればよろしいのです。まったく欲がなくてもどかしいです。

嵯峨山が秋篠と一緒に室にもどって来た。戻って来たとたんに手狭な庵内に馥郁と香ばしい茶の香りがただよった。風患いから本復した西行の鼻腔はよろこばしさでふるえた。そしてみなに秋篠の茶がふるまわれた。嵯峨山はふうふう強く息を吹きかけて熱い茶を喫し、いやあ、山茶だのどくだみ茶、笹茶など一体あれは何だったでしょうか、西行上人様に申し訳ないことでした、と言い添えた。西行はゆっくりと味わった。秋篠は言った。はい、できるだけ熱湯をかけて濃いお茶を出すというのも大変結構です。大酒のあとなどは土瓶に二つ三つも飲むと、宿酔はたちまち消え失せます。

西行はもう一服所望した。体がよき水分をもとめていたのだった。二服目のややもぬるくなったのもまた格別だ、と西行が言った。胃の腑が喜んでいる。このとき急に春の雪ひらが舞いだし、ささやかな茶会を横目に見て過ぎて行くようだった。

最澄様が唐国で飲まれたとあれば、慈円座主様だってお茶が離せない。大津のこの秋篠が育ててくれなければどうにもならない。それは慈糴の声だった。西行は春の雪の前触れに気をとられていた。はい、慈円座主もなんとまあ、自歌合をものしたいとこの頃言いだしておりますよ。慈糴の声だった。

2

春は山里の方が早いか、京の方が早いか、慈糴は話し出し、濃い緑茶の効力で西行は気持ちが晴れやかになった。喉にある閊《つか》えがひいていくのが分かった。春ということばがそうさせたのだったか。比叡山でももう雪は斑雪《はだらゆき》になり、あばたができ、藪の鶯の子がなんだか鳴きだしそうな気配でしたとまで言ったのだった。西行はさきほど耳に聞こえた、慈円座主がご自分の自歌合を考えておられるという慈糴のことばが心地よかった。いままでは歌合は言うなれば相手の歌があって競い合う遊戯的な意味合いが濃かったが、自分が試みたこのたびの自歌合は、すべて自歌でまかなうと言った新味があった。これはひどく難渋したことであった。その歌合のために、恰好な歌を新しく詠み加えるのではなく、これまで詠んだ厖大な歌の中から、左右の歌を撰びつつ掛け合いをするということだから、左右の歌があまりにもかけ離れた歌であってはならないのだった。互いに異なる歌でありながら、その歌の本質に共通するものがなくてはならなかった。

それはいわば左右の歌においてみずからの心を、情を照らし出すことでもあった。それは歌において他者を見出すことでもあったから、この両者の歌の境目に新しい、白分でも見知らなかった心の景色を見出すことにつながったのだった。何よりも西行にとっては、自らの歌をさりげなく劇化する喜びを感じないわけにはいかなかった。折に触れて、独立した一首を詠み、それをまた次なる一首を重ねて行きつつ、みずからの感じ取ったこの現世やら自然やらと照応することもいいにはいいが、自歌合となると、ここに判者の判詞が加わることで、その判詞とともに新たな歌の集が生まれるということだった。そのとき初めて、自分は自歌から離れて、まるで自然を眺めるような心境で、自分の歌の姿を見ることになるのではなかったろうか。

こうして、御裳濯河歌合は伊勢神宮の内宮に奉納されるのであるが、神仏に喜んでいただけるのではなかろうか。読んで聞いてくださるのは、ここでは現世の人間ではなく、神仏という彼方のお方なのだ。

西行が経机に肘をついて、ふっと思っていたときに、若々しく春のさなかの勢力に満ち溢れたような慈櫂が、ふたたび、初回の対面のときのように挑んで来たのだった。

これが西行を覚醒させた。西行は思い出し笑いをした。出家したてのころ、藤原頼長殿に押しかけて一品経《いっぽんぎょう》の写経の勧進を求めたときのことだった。はい、料紙はどのようなものであれ、とにかく肉筆であらねばなりませんと念を押したのだったが、それがいかに無礼であるかなど気にせず、ただ熱意で押したのだった。幸い頼長殿とは年齢も違わなかったので、ある共通の心があって、ただちに諒とされたのだった。若き北面の武士であり実家が裕福な財を蓄えて何の不自由ない身のこの者は何の数奇心で出家遁世して、なおかつ一品経の勧進に奔走しているのか、やはり頼長殿にはそれとなく分かったのに違いない。

いま眼前の慈櫂が五十余も年上のわたしに食らいついている。西行は面白かった。それで、慈櫂さん、今日はきみに何が必要なのかな、と西行は水をむけた。慈櫂は生きた魚のようにぴちぴちと跳ね上がった。

はい、西行上人、伊勢神宮に奉納される自歌合についてはかつてないような快挙だと思います。そうです、内宮に奉納となれば、今度は外宮にも奉納なさるあらたな自歌合が必須と愚考していますが、その辺はいかがでしょうか。慈円座主もそう仰っておられました。

おお、と西行が言った。いや、実は長く臥せっているあいだにその思いが生まれて、あれもこれもと心が忙しかったことです。

慈櫂が何やら不満げな表情を見せたのを、西行は見逃さなかった。慈櫂は自歌合は好まないのかな、と言った。慈櫂は、いいえ、とんでもありません、神仏に奉納する歌はいちばん大事だと思いますが、わたしなど若い者どもにとっては、これは初に飛び込みでお目もじしたときに申し上げたように、わたしには、新しい編纂の自撰西行歌集が欲しいのです。それも、いま今日の歌から次第に初源の歌へと遡るような編纂なのです。わたしら若い者どもは、あなたのたどられた生涯、それらの歌の余白に残されていて語られるものをこそ、つぶさに味わいたく思うのです。ひたすらたとえばすでにある山家集の歌を介してです。今日わたしたちが読める山家集では、まさに雑然とでもいいましょうか、ことばがふさわしからずお許しをいただきたいのですが、読者は往々にして混乱いたしましょう。時系列が錯綜重層的すぎはしないでしょうか。ああ、西行上人の歌にはどの歌にも、どれほどの余白が残されているでしょうか。わたしたちはその余白にこそ私たち自身の現世の生き方の物語を感じ取るのです。

ここまで言うと、慈櫂はほとんど泣き声になり、恐縮しつつ、見えないものにむかって必死で食い下がっているかに見えた。

分かった、慈櫂よ、きみの言う通りかも分からないねえ、それらはきみたちの若い人々にお願いしたいものだ。いいかい、わたしのこの身とはまるごと思い出しのため池のごときものだ。そしていまわたしはその池から這い上がって、このように籠って春の日向ぼっこでもするような身のありかただ。すべては過ぎて来てしまった。が、たしかにわたしは厖大な歌を詠むことで生きられてきたのも事実だ。わたしのすべての歌はすべての出会いと別れの心の記録ではなかっただろうか。

さあ、今日はせっかくの機会です。春もすぐそこまで来たことだ。前祝いにもと、さあ、たっぷりと大津の秋篠氏の緑茶もいただいたことだ、お二人とも、なんなりとわたしの歌で、聞きたいことがあれば、言いなさい。

西行は室に控えている嵯峨山に、また新しい茶を沸かしてくれるようにと頼んだ。やがてかまどの火と柴の煙が土間に流れて来た。煙の匂いが春の匂いに変わったように感じられた。

慈櫂のことばに促されたように、今度は秋篠が一膝のりださんばかりに緊張して、質問したのだった。

で、その質問に、思わず西行はにんまり笑みを浮かべた。

いきなり秋篠は、感極まったとでもいうように、そらんじているという、そして自分がもっとも好きだと言う歌をそらんじたのだった。


世《よ》の中《なか》をいとふまでこそかたからめ仮《かり》の宿《やど》りを惜《を》しむ君哉《かな》　山752

秋篠は紅潮した顔で言った。西行上人、わたしはこの贈答歌がことにも好きでたまりません。詞書《ことばがき》にこうあるのもたまらなく好きでなりません。なぜだかはさっぱり分かりませんが。わたしはお茶の葉を摘みながらもなぜだかこの歌を口に出しているのです。詞書もですね。

天王寺へまゐりけるに、雨の降りければ、江口と申所《まうす》に宿を借りけるに、貸さざりければ

というふうに、なんと簡潔で鮮やかなことでしょうか。天王寺に参詣に行ったところ、雨に降られて、江口の里で、宿を取ろうと交渉したところ、貸してくれなかったので、それでこのように歌を懐紙に書いて宿の女将に贈ったというわけでしょう。

西行は秋篠の紅潮した顔を見つめた。ええ、そうであったなあ。

秋篠はさらに顔を火照らせ、慈櫂をちらと横目に見てから、はい、わたしも江口の里はそれなりに知っているのですが、西行上人の時代のそれとはずいぶんへだたりがあるにちがいありません。今でも江口の里の遊女はなりわいに宿貸しをしています。気にそまぬ客には宿を貸しません。ああ、季節はいつでしょうか。わたしは秋の時雨だろうと察していますます。夏の雨などどうとでもなりますからね。ここはもう日暮れてともあれ宿をとらなけ

ればなりません。はい、わたしにとっては、淀川は母なる川なのです。実は母者が淀川の出なのです。江口の先の神崎の出なのです。それもあってかひとしおこの歌が好きでならないのです。いや、言うてしまいますとわが母者は遊女だったのです……

そこまで言うと秋篠はなんだか鼻のつぶれたような顔を見せた。慈櫂が秋篠を励ました。

はい、ゆえあって父は還俗《げんぞく》して大津に戻り、遊女の母と所帯をもち、茶畑を再興したものの若くして亡くなったのです。母が茶畑を続け、ええ、母が亡くなる数年前のことでしたが、どうしても母がもう一度、江口と神崎を見て来たいというので、わたしは母をともなって旅をしました。ほんとうにいい旅でした。はい、わたしと母も時雨に打たれました。母は神崎を見て回り、宿では思い出したように今様を口ずさんでいました。はい、あのときも、わたしたちは女将が遊女である宿に泊まらせてもらったのです。母との最後の旅になりました。

はい、ついつい、申し訳ない思い出話になりましたが。わたしはこの一首をそらんじるたびについ母者の哀《あわ》れを思い起こします。愛しくもあり懐かしいのです。この歌では、西行上人は、時雨にも拘らず宿を貸してくれない遊女の女将に交渉なさったわけですが、宿の小女が西行上人のなりを見て、女将にご注進したものでしょうか、しかし西行上人が余裕の心で、歌を贈ったものだから、遊女の女将もまた、これはと驚いて、歌を返してよこしたわけですね。

はい、さきほどの歌は、こういう意味でしょうか。

あなたはこの憂き世を捨てる尼さんほどにもお心がかたいのですね、この世が仮りの宿であるというのに、それを貸すのも惜しむとは。ということでよろしいのでしょうか。他の人たちはこの歌を西行上人の即意当妙なからかいのようにも言いますが、わたしには愛しさが満ちておられるように聞こえます。特に、下の句の、君哉、ですが、これはやはり、西行上人のほんとうの気持ちではないでしょうか。

そうすると、この宿の女将の遊女が、次のように返したと、その一首がそえられているのにも、わたしは心がふるえるように覚えているのです。

家を出づる人とし聞けば仮の宿に心とむなと思ふばかりぞ　山753

嗚呼、なんという善き返しでしょうか、まるでわたしの母のことばのように思われてなりません。わたしの母もまたこのような物言いに馴染んでいましたから。出家した僧侶だと小女から聞いたので、それならばこのような仮の宿に執着してはいけませんよ、他意はありませんよとね。実は、わたしはこの贈答歌の会話に、父と母との出会いを聞くように思って、一入《ひとしお》この返しが好きで、忘れがたいのです。

それにしても西行上人、あなたはこのように、宮中の女房たちの返歌とおなじようにわけへだてなく遊女の返しまでも歌集に収めてくださるというのは、なんという慈しみでしょうか。遊女白拍子の返しなど歌集に収めるなどわたしは聞いたことがないように思うのです。もちろん、西行上人、あなたは真のあはれの歌詠みでありますから、まちがっても歌を作るということはなさらないと思われますが、わたしが思うのには、あなたの心の慈しみがこのようにさせたのにちがいありません。

嗚呼、わたしはこの応答歌から察して、もちろんあなたは無事に宿りを得て、この遊女の女将ともろもろのお話を語り合ったのではないでしょうか。

ここまで言うと、秋篠は心がすっかり晴れたような顔になって、慈櫂の手を強く握った。西行は秋篠を大きな眼で見つめた。秋篠の眼には涙さえ浮かんでいたのだった。そこまでよく聞いてのち、西行は濃いお茶を用意して待っている嵯峨山に、二人にもう一服お茶をまわすように言い、自分ももう一服を喫してから、話し出した。

ええ、久方ぶりに思い出させられました。茶づくりの秋篠さん、きみの言うとおりだ。わたしはあの贈答歌を小細工などしてこしらえたのではありません。まさにあのままのことだった。それはね、夕暮れに迷ったような長い時雨に濡れて、もうどうにもならず、これでは天王寺にせっかくの参詣を果たしたというのにと、遊女の取り仕切る宿に駆け込んだのでしたが、わたしは数々の回国修行をしていましたから、江口の里も神崎もおよそ知り抜いていました。わたしはあの歌を返してくれた遊女の女将と一晩しみじみと話し合って、わたしもまた現世のさまざまな人の変転について思い知らされました。女将はもうかなりなお齢でしたが、むかしのことをよくよく覚えておられて、それもあって、ああ、あれは愉快でしたよ。というのも、わたしがつい話のついでに、外祖父の、つまり母方の祖父の源清経のことをちょっと言いましたら、なんと、祖父のことを知っていたのです。あれには驚かされました。それで、わたしもまた数奇人の祖父の孫であることを知らされたように自覚したのです。

わが祖父はわたしが出家する前までは、屋敷に呼んでは蹴鞠やら今様を仕込んでくれたのでしたからね。きみたちはご存じかな、あの祖父清経殿は、たしか大垣からだったと覚えているが、所用で出張したさいに、目井《めい》という今様の名手に夢中になり、側室にもと連れて京に帰って来たのです。しかも目井の養女の乙前《おとまえ》を連れ子にしてです。数寄が昂じた結果でしょう。おかげでわたしの母にはとんだ迷惑だったことにもなるのですが。

話が脇に逸れたが、わたしはこの歌の江口の遊女と、祖父のことについて、目井のこと、乙前のことについても語らいましたなあ。祖父清経が、十五の養女の乙前に厳しく今様を仕込んだこと。女人の遊芸者はどんなに美しくてもやがて齢をとれば高貴な方々からもお呼びがかからなくなるが、芸だけはうまずたゆまず打ち込んで鍛えておくことがもっとも肝要だとね。芸は心を清くする。祖父は老いた目井の介護を最後まで見て美談だとされましたが、まあ、そんな祖父もいかがなものか。この歳になって、祖父の気持ちが分かる気がするのだが。

　そこまで言いかけると、慈櫂が、あ、あ、と言い放った。乙前と言いますと、後白河法皇に今様を、その師であったお方ではありませんか。御所にも室を与えられ法皇様に今様を教えられたという名手ですね。

　奇しき縁とでも言っていいでしょう、と西行上人は言った。ごらんなされ、今日は、まことに春の雪だ。若いきみたちに何を伝えることが出来たやら心もとないが、このような春の雪の舞う日に、このような語らいは末永く残るだろうね。歌の功徳と言うべきかな。この話を聞いていた嵯峨山はなんだか朦朧とした顔つきで西行を見ていた。わたしだって西行上人の歌の中にいるのかも分からないというような顔つきだった。

　わたしはもっと若くならなければいけない、そう西行は二人を見つめた。そして、それから一拍おいて、仮の宿に心とむなと思うばかりぞ、と下の句をそらんじて。まるで西行上人自身の歌とでもいうように二人には聞こえた。

3

慈櫂と秋篠の二人が早春の風の中を帰っていったあと西行はあらためて物思いに耽った。

羨ましいことだった。あのようにして常に若さは繰り返されて生まれ変わって時は進んで行くのだ。二人がいる間だけ春の雪を舞わせた雲は通り過ぎて行ってしまった。嵯峨山が母屋から新しい褥《しとね》やら莫蓙を運んでやって来た。喜ばしそうに、床上げですからと言い、長かった風患いの汗で汚れた褥も床莫蓙も取り換えにかかった。作業をしながら、それにしてもあの秋篠とかいう若者のお茶はよいものですねと言った。西行もまたもう何服いただいたことか、ひからびた体によい水分が行きわったのを感じていた。嵯峨山は運び入れた褥をぽんぽんとうち叩きながら言った。田の土に春の水がしみこむようでした、あのお茶は。わたしは冬の猟は小鹿一匹くらいのものでしたが、もう春がそこまでとなると稲田の仕事も始まります。なんとも嬉しいことです。

西行上人の寝床が整うと嵯峨山は言われもしないのに、土間の竈に火を焚いて、お茶を沸かして運んで来た。二人は差し向かいで、再び美味なるお茶を啜った。貴重なお茶だから大事に飲まなければならないと西行は言った。嵯峨山は笑って答えた。ご心配はいりません、いくらでも喫して早く元気になっていただきたいです。実は、あの秋篠には言っておきましたよ。お茶がなくなった頃合いを見計らって届けてくれるようにとね。秋篠は喜んでいました。それもこれも西行上人にお会いできるからです。それにしても、江口の里の遊女の歌には感じ入りました。上人様は何というか、色好みでおられる。さらには、あの若者の母者が神崎の遊女であったとは、わたしは泣ける思いで聞かせていただきました。

それに、西行上人様の祖父殿がそのような数奇人であられたとは、ほんとうにびっくり致しました。

　西行はお茶を喫しつつ、嵯峨山に言った。まちがってはいけないよ、色好みと言うても、心の色好みと解しなされ。西行は体内のすみずみまで薬効のある水分が沁み込んでいくのを感じながら、別のことを思い出していたのだった。それなら、二月の花の頃にはまた茶箱をもってくるだろうね。


　冬の残党はあちこちでまだ春の先遣隊にあらがっているのが風の音で分かった。夕餉《ゆうげ》には、祝い膳だと称して、くたくたに煮込んだ雑穀米の粥と岩魚の柔らかい煮つけの膳を運んで来た。火桶の土瓶には白湯が沸かしてあった。あとで刻んだ茶葉を入れて煮だすだけでよかった。

　病み上がりではさすがに若い二人との語らいは愉快だったものの、疲れが残った。雑穀米の粥の淡い塩味をふたたび熱いお茶で流した。心地よい眠気がやってきた。西行はお膳を土間の式台の上に出しておいてから、新しい褥に横になった。まるでこのまま浄土に渡るとでも言うような心地よさだと西行は思った。

　若くあればとにかく考える前に行動し、行動ののち考え、さらに動き回って考え、物ごと、人との出会い、運命の糸を、それなりに織って行くが、年たけると夢の中で駆けめぐる。夢の思いの中だから、そうと思えば思うところに至り着く。

西行は心地よさの枯れ野を駆けめぐる思いだった。

夢の中で若い秋篠が母者と一緒になって茶畑に立っているのだった。西行はそれが自分の亡き母と瓜二つの面影だと思った。遠くからこちらを見て、ノリキヨかと訝しげだった。

するとと慈櫂が飛び出して来て、慈円座主にお茶を届けに来た秋篠に言うのだった。ほら、九歳で慈円座主に得度させてもらったという延暦寺の堂僧の範宴とかいう少年に会った。十五歳だとか言っていたが、その賢さは相当なものだ。なんでも日野の里の出だそうだ。秋篠よ、きみは今の非僧非俗のままでいいのだから、そのうちあの範宴とか言った堂僧に会ってみるといいなあ。あいつはきっと何かやりそうな面構えだった。三十までは延暦寺でがんばるらしい。

それから西行は、秋篠が語った神崎の遊女だったその若い母者に出会っていた。するとあの淀川の姿がありありと鳥瞰されたのだった。外祖父の清経が引き連れた京の数奇人の公卿《くぎょう》貴族たちが物見遊山で淀川を下っていた。小舟が出迎え、一人の遊女が艫《とも》で艪《ろ》を使い、もう一人の遊女が篳篥《ひちりき》を吹きならし、もう一人の垂れ烏帽子に紅袴の白拍子が舞いを舞うのだった。清経が小舟にむかってご祝儀を投げあたえている。祖父もまた今様を謡って合わせていた。

西行の夢はいずこに飛ぶのか見当もつかなかった。そこには時間があってないようなものだった。西行は夢の中で思っていた。出来事には時間の流れがあって引き返せないはずなのに、ここではすべてが平等で同じ時間なのだ、一体どういうことなのだろうか。歌も同じではないか。すべてが今なのだ。

するとと西行は一瞬のちには大きな湖のほとりに来ていて、旅の途中で一緒になった遊女の話に耳傾けていたのだった。琵琶湖のようでもあるが、いや、あれは初度のみちのくの旅のことではなかっただろうか。ここは出羽の国だな。実に多くの遊女やら白拍子たちが落ちぶれて、みちのくの奥地へと落ち延びてきているのだ。月山の頂に舟が泊って、女人たちを運び去るところだった。

そして気がつくと、西行は江口の遊女の宿にいて、一晩中女将の遊女と語り合っていた。返しを詠んだ女将が言った。死出の山路を越えるのはとても恐ろしい。あなたにみちびきのお方になっていただけたなら、と言って女将は涙を流している。どれほどの女人たちがなぜこのように生きて意味もなく死出の山路に打ち捨てられて朽ちるのでしょうか。西行は、来世の浄土の美しいさまをとても語ることはできなかった。若かった西行は言った。この現世をこそ、仮《かり》の世であろうとも浄土となして生きるには、あなたのような善き歌を詠むことでしょう。浄土は外の世界にあるのではなく、あなたの心の中にこそあるのですから。その心の浄土に安心して参りましょう。西行は自分がどうしてこのようないい加減なことを言っているのか分からなかった。西行はどうしても救い出してあげたいと経を唱えていた。

この夜は西行の庵の御堂の上に幾度となく烈しい雨が襲って来ては止み、またやって来ては音立てて雨を降らせ、また止んでしばらくすると烈しい雨が繰り返し過ぎて行った。西行の夢はその強雨に流されて行った。初めての春の雨がこのような烈しさでやって来るとは思わなかった。

庵の脇の桜の古木を、春の雨は烈しくうち叩き、濡らし、眠りを覚まそうと躍起になって立ち去って行った。

朝になって、西行の風患いは癒えていた。

4

まだ早い春の夜明けに西行は無量の光がやってくるのを待ち、最初の桃色の雲を迎えてのち、昨夜の夢で啓示を受けた思念をどのようにこの先もたらすか、御裳濯河歌合の対ともなるべき宮河歌合の撰歌にとりかかった。自筆の山家集の綴じ、紙縒りも書き込みの印も、貼り付けの紙も、挟んだ懐紙の切れも、経机に重ね置かれた。

西行は秋篠の茶を、竃に火を焚いて煮だし、土間をあがり、室に戻ってから、うずたかい自歌の紙を前に、ゆっくりと喫した。宮河歌合は伊勢神宮の外宮に奉納する。わたしの自歌合の最後のしめくくりとなるだろう。

長い風患いから回復して、西行はまるでこれが初めてのことだったとでもいうように、命成《いのちなり》けり、について思った。あのときもそうだった、いや、あのときもそうだった、というふうに西行は同じ思念の生まれた過ぎし歳月の出来事を思い出していた。自力でいかに心身ともに負荷を強要し、それさえもそののちの喜びとなさんという苦行の力業は、だれにもできることではなかろう。心身の強者のみができることだ。人は老いる。老病死へと向かいつつ衰える。いまこのわたしとてむかしの二度にわたる熊野から吉野へ、大峰《おおみね》百日駆けの峰行修行などできようはずがない。そのような自力での修行はもはやできない。回国修行の旅とて、もうできまい。まして、現世で苦労しながら生きていよう凡夫あるいは女人にはなにができようか。

西行は奉納歌の撰びを前にして、思いが思いを呼んで、これまで出会いつつも何一つ助けてあげられなかった特にも女人たちへと、慈しみと哀れが甦ってくるのだった。あの茶づくりの秋篠の話から、思いがけず浮かび上がったが、わが歌の、あの江口の遊女の女将とて若い盛りのときには、ややも老いて病がちともなり来世の近いことさえもが切に思われてくると、女人一人浄土へと無事に行きつけるのかと心配が尽きなくなる。専修の僧侶たちのようにはいかないことだ。

思えば、自分はなぜか徳大寺家の寄進荘園の絆《きずな》ゆえに高貴の女房たちとの交わりも生まれ、出家してのちは指折りかぞえればいくたりもの尼となりし女人の浄土へのみちびき手となった。あれはわたしの信心の深さゆえにと言うより、歌のことばが心やすく思われ、信頼されたからだったろう。みなそれぞれにまだ残んの香真寂《まさび》しき方々であった。若かったわたしはかのお方らの命成けりが惜しく思われてならなかった。まだ若くある残りの生をいかに全うすべきか。それなりに草庵を結び、草深く荒れ寂しく暮らすこともまた風雅ではあるけれども、最後の行方がどこへいくのか分からない。女人の庵暮らしは侍女を伴ったとしても、その豊かさもゆくゆくに細り、あとはただ死出の山路を越えるだけの最後では一体何の生《い》きであろうか。神仏に深く帰依しても、はたして浄土が待っていてくれようか。その不安を思うにつけ、若かったわたしはおりにつけそれらの庵をたずねては歌を贈りあった。それを人は西行の色好みとも数奇とも陰で言ってくれたが、それは心の色であったろう。

若くて屈強だったわたしは貴顕の知己には熱くなって出家を勧めまわったものだったが、それはそれでまちがってはいなかった。しかし女人についてはそうではなかった。女人はいかにして浄土の光のなかへと旅立つことができるか、安心できて、現世の今と残余を平安に生きられるか。ただ、これまでの二百年余のように鳥辺野に運ばれることで終わるのであれば、命成けり、とはどういうことだろうか。いまになって分かるが、これもうすうす気がついていたが、自力で我が身を救うなどとは強者の考えに他なるまい。女人も子供もみな同じようにそのままの命成けりとして、あるがままに救われてあることがいちばん大事なことだろう。男子の出家僧の密教的な難儀な修行だけでは、独りよがりで、自分だけが救われ、即身成仏の境地に達して平安とはなろうが、それはついには特権的な浄土専有となってしまうだろう。強者はそうすればよいだけのことだが、わたしはどうしても女人子供らの命成けり、そのまんまでの、日々の暮らしのままでの即身成仏こそが気がかりでならなかった。しかしわたしはそのすべてのみなを救ってあげようなど到底できない。わたしは歌詠みなのだ。歌において救いのことばを生み出すことしかできなかった。わたしは高野にあっても自分の出自もあって、一目置かれもし敬されもし、わたし自身はもろもろの念仏集団やら教義の差異に血道をあげる二、三百もの房とは距離をおいたのだった。思えばわたしは、凡夫庶民の中へと漂泊する高野聖《こうやひじり》にはなれなかった。なるべくもなかった。わたしは歌にみちびかれてこその回国修行者だったのだから。歌によって浄土を求める常民たる人々の命成けりに出会うのがなによりの喜びだった。そこでは特別の克己修行など必要なかった。生きてさえあることそのものが修行以上のものであったように思われたのだった。

江口の里の、あの烈しい時雨の夜に、語り合った遊女の女将の不安と哀しみは格別だった。生きの後悔の数々やら、死後の地獄の恐ろしさやら、そのような心の重しをどうしたらいいのか。ともに傍に寄り添うひとがあればまだしも、江口の聡明な遊女には、あなたの歌のことばをこそ、浄土への旅の杖にするようにと、若かったわたしは涙にくれる女将を慰めた。あのときわたしはもっと真のことばが欲しかったが、持ち合わせていなかった。わたしは圧倒的に強い者に属していたのだったろう。打ち続く末世の動乱の末に投げ出された女人たち子供たちが、淀川の江口にも神崎にも流れ着くほかなく、心の奥は阿鼻叫喚のようにわたしには思われたが、どうにもならなかった。それでもみな命成けりなのだ。これをそのまま一滴もこぼさず、浄土へと運んでくれるようなことばはないのか。

いや、このわたしだって、再び外宮への歌合を奉納しようという意図もまた、同じようなことだ。これまでの歌にこめられた命成けりの思いを神仏へ奉納することくらいしか、いまこの老いにける身にはできないのだ。しかし歌の道はそうやすやすとだれにでもできるわけではない。もっともっと日々の暮らしの中でたえず日々救われるような命成りけりの手立てではないものだろうか。

わたしの歌の思いは、女人への心の色すなわち慈愛にちがいあるまい。たらちねの母から生まれた命成けりとして、女人はみな貴賤なくわがたらちねの母なのだ。その母たちが光明もなく現世でただただ自力によって生き、そして自力で滅びるにまかせる世では、それはもはや地獄であるほかはなかろう。

火桶にかけた茶の土瓶から、西行はたっぷりと淹れた茶をふたたび喫した。

老いの繰り言のような思いが引いていくと、それから宮河歌合にどのような左右歌を撰びだそうかと思いをめぐらし、綴じも弱った山家集を左手でめくった。手蹟はたしかに以前の勢いある筆に命が満ちていた。神仏への、言の葉の供物、いや、尽きざる光と命への帰依《きえ》、わたしの拙《つたな》かった歌の経文とでも言っていいのではあるまいか。歌は多くはこの集から、もう一度生まれ変わらせたいものだ。

夜明けに残った下弦の細い月を見上げながら西行は、左歌の詠み手は言うまでもなく自分自身で、もうその詠み手の名を、玉津島海人と決めていたのだった。紀伊国の和歌浦の海人というように西行の思いには、伊勢の海から自分の古郷《ふるさと》である紀ノ川の落ちる和歌山の海へとつないだったのだった。

そして右歌の詠み手は、三輪山老翁としたのだが、三輪山は大和国の三輪明神であったから、和歌に縁の深い、海やまの、この海人と翁の二人が歌を競い合って、現世はこのようであると外宮に奉納するのだ。西行にはちょっと愉快に思われた。三十六番、まだどの歌の撰びも見当さえつかなかったが、思いつくままにまずは左歌を一首でも二首でも発見できれば自歌合の舟は櫂を漕ぐだろう。その歌を何番目に措くかはまたべつのことだった。

左歌が櫂を漕げば、右歌はおのずと櫂を上げよう。

来る春は峰に霞《かすみ》を先立てて谷の懸樋《かけひ》をつたふなりけり　　宮3

古くに詠んだ歌ではあるが、今朝の西行にとっては、いましも谷の道に来る春を、霞のうしろに感じられるのだった。筧のような谷の道を、春の雪解けの水が流れている。まるで新生の春は女人の霞ともなって。これならば天照大御神とてよろこばれよう。いや、江口の白拍子遊女であってもいいのだ、この春の霞は。後の世に、ひょっとしたら江口の君と呼ばれるかもしれないではないか。わたしが浄土を一夜語り合った臈たけた遊女の君は、豊穣なる春の先触れともなろう。救いもまた浄土への希求も自然の春こそがもたらすだろう。強靭な身と魂を酷使して春を迎えることは必要ない。すべては自然のお力に身をゆだねよう。

西行は筆を手にしたまま頬杖をついた。これは二番の左歌にこそ配したいものだ。右歌はじきに同じ霞の見える歌を探し出そう。まるで西行は自歌の旅にあらためて踏み迷っている気がした。それがどこでだったか詳しく思い出せないまでも、自然のめぐりは自力ではどうにもできることではなかった。

そのあと、ふっと自分でも好きでならなかった歌が山家集の初めの方に見えて、その歌が作者の西行に、わたしを採ってください、左歌としてわたしを神仏に聞かせてあげて欲しいという可笑しな鳴声が聞こえたのだった。

西行はその一首の、蛙の声を、奉納したくなった。


真菅生《ますげお》ふる荒田《あら》に水をまかすればうれしがほにも鳴く蛙《かはづ》かな　宮41

西行はこれを左歌に採ることにして、嵯峨山の顔を思い浮かべた。猟師と田夫の兼業者である嵯峨山の棚田はどちらかというと荒田であったし、老母と二人の手ではスゲを刈り取ることにも限りがあった。その田にいよいよ水を勢いよく流しこむときには、蛙の喜びの鳴き声が上がるのだった。西行は去年の春には、嵯峨山が田に水をまかすのに付き合って、飽かず蛙たちの顔まで楽しんだものだった。老い果てても、古郷《ふるさと》の田仲の庄の田圃のあぜ道にしゃがみこんで、紀ノ川の灌漑水路から水が満ちて来る田で騒ぐ蛙たちの宴が、眼に浮かぶのだった。人もまたこのように蛙と同じ心であるにちがいないと、幼い自分は思っていたではないか。

西行は歌を抜き書きし、宮河歌合の先穂をちょっと頭出しさせてみて、気持ちが楽になった。つねに右歌が難しい。水のかかわる歌を見出さなければならない。心にある、また一味ちがった水でなくては勝負になるまい。

西行は右手の人差し指が引き攣《つ》るのをこらえ、それから筆をおいた。

7章　さもあらばあれ

1

　それから幾日たったことだろうか、ふたたび秋篠がお茶の小箱を背負って西行上人のもとへやって来た。ことのほか今年の春は急ぎ足に山里へのぼって来たのだった。霞が薄桃色にさえあたりをつつんでぼうとかすんでいた。西行上人の草庵の前にはもう葦編みの冬囲いが取り払われていた。上人桜は、そう嵯峨山は勝手に名付けて悦に入っていた。花のつぼみは黒蜜のような芽をいまにも開きそうな勢いだったが、それがじれったいくらい我慢づよく春のあたたかさを待っていた。嵯峨山は庵に庭回りのかたづけに嬉々として励んでいた。西行上人は、たしか春は霞を先に立てて峰の谷をくだってくるようなことをおっしゃっていたが、この春はどうしたって都からのぼって来るように思うのだがなどとつぶやいて縄をほどいていた。

　ことに庵の前に立つ桜の古木は嵯峨山が手塩にかけたご先祖伝来の一木だった。幹の弱った腰に巻き付けておいた莚をぬがせ、悪い瘡蓋《かさぶた》が治っているかも点検した。その仕事をしているところへ、元気のいい声がかかった。秋篠です、西行上人はいらっしゃいますね、と声をかけてすっとぶように土間に入り、また大きな声で、お茶のアキシノです、と言うのだった。中から、おやおや、さあ、おはいりなさい、と言う西行上人の声がしていた。野良着の嵯峨山が来てみると、もう秋篠は式台に坐って草鞋をぬいでいるところだった。

式台の上には、桜の花の一枝があった。里はもう咲き誇っていました、と秋篠は言い、室に入り、経机に向かっていた西行上人に挨拶し、まず、持参の桜の一枝をさしだした。

西行は眼をまるくしてから、細め、一枝にたわわに花をつけた桜をおがむようにして見て、さて、それを経机の花皿に添え、水をもってくるようにと嵯峨山に声をかけた。秋篠はもうなんだか嬉しくてならなかった。初回にあのようにお会いしたものだから、しかも自分の心にかかっていたもやもやを吐き出してすっかり気持ちが晴れていたので、西行上人に打ち解けて、心の父とでも言ったらいいだろうか、などと勝手に思っていたのだ。

はい、琵琶湖も、大津も、都も、もう花が満開です。ここもあと旬日も待たないでしょう。そう秋篠が言うと、水をもってきた嵯峨山が、おお、饗庭村はどうですかと聞くので、はい、饗庭の香桜ももう満開でしたが、と答えた。嵯峨山は、はははと笑い、西行上人のこの庵の、ほれ、あの桜は、饗庭の桜ですからね、ご先祖が植えたものです、と自慢げに言った。いい香りのする山桜です。わたしは上人桜と勝手に名前をつけさせていただいたわけです。

ね、こんなお調子ですと西行が言ったので、嵯峨山は、まだ片づけが残っていました、それではごゆっくり。問題はお茶ですぞ、と指をたてておどかすように笑って、ふたたび庭に出て行った。

西行は花皿の桜の花びらに指を触れながら言った。

あの調子ですから、庵で閑居と瞑想などと言っても、なかなかうるさい。が、ほっとします。以前のように従僕を雇うのとちがって、庵暮らしの同行者という気がしてくる。ここで二度目の春を迎えようとは。そしてこうしてきみの花の一枝だ。そうだ、家づと、ということばがある。家にもちかえるお土産の意味だが、秋篠さん、きみの手土産はすごい。枝を折るとき、きみは桜の精に言ったかな。西行への手土産だからと。

はい、もちろんです、西行上人、と秋篠は笑った。次に、大風呂敷にくるんで背負ってきた茶箱を取り出し、これも、その、家づと、でございます。春のみならず、新茶を摘むまではこの大箱の量でたっぷり楽しんでください。近江の春の別れはたちまちに来てしまいます。花が散れば、旅のお別れですね。ええ、近江路は商い人らがみな桜の花を身に添えて行き来していました。

秋篠は言った。西行上人、きょうおとどけの、この家づとのお茶を煮出しましょう。しばしお待ちください、根を詰めて歌の撰ですね、しばし眼を休めてください。秋篠は立ち上がり、持参の茶箱を取り出し、竈に火を焚きに土間に降りて行った。やがて煙が土間に流れた。外の春の空気とまざっていい匂いがたちこめた。お茶が煮出されて、茶の香りがぷんぷん匂いだした。

まるで二人は老師と弟子とでもいうように経机を挟んで向かい合い、茶を啜った。西行の思いは、ふっと眩暈《めまい》がするような感覚の思いだった。

祖父が孫と対座しているというような感じだった。五十も歳が離れていように、たがいはまったくその違いなどないかのようにお茶を喫している。どうもこの若い世代というのは、子の世代とは違って、まるでわたし自身の世代とでもいうような感じで、どのような畏まりも恐れもないかのようだ。まるで年齢など問題ではなく、平等に対して話す。さりとて敬意が欠けているというわけでもない。そしてわたしよりもずっと先に進んでいるとでもいうようなゆとりだ。西行は思った。わたしもこうであったのだろうか。何かが新しく始まっているにちがいない。西行はお茶をたっぷりと喫する短いあいだにただ一つの思いがかけめぐった。

わたしはここに至るまで、常に、来む世《こよ》は、ということばで、来世のことを歌に詠んで来たが、いや、あるいはひょっとして、この来む世というのは、これは来世という死後の浄土のことをさすとわたしどもは観念して来たけれども、いやいや、この秋篠のような若い者たちには、死後の浄土などであろうわけがなかろう。まさに、来む世、というは、この現世での来む世、すなわち未来ということであるのではなかろうか。あの慈穉もこの秋篠も、同じだろう。末世ゆえに来む世を願うのではなく、現世に来るであろう未来の世をこそ願っているにちがいない。わたしの一生は、わたしの世代の一生は、武の惨禍であれ老病死の無常不幸であれ、人知のおよばない死者累々たる世でありつづけたが、いや、この先もあり続けるとしても、しかし、この孫のような世代の善き明知は、わたしたちが必死で追求しつくりあげてきた来世の観念を真逆にするというか、来世とはもっとも善きものの来て在る世界だというように変えるのではなかろうか。ここの一生は短すぎるが、それでもまだまだ豊穣な時間と歳月が残されているではないか。

還俗《げんぞく》した父と淀川の遊女との子として生まれ、父亡きあとは、母と二人で茶畑の開拓にいそしみ、そしてその母も亡き後、この秋篠は一人、いや、慈穉などというような闊達な友とともに、わたしたちが見たこともない、来む世を夢見ているのだろう。

茶をたっぷりと喫したあとで西行は、秋篠に問われて、いま撰歌に苦労している、宮河歌合の歌について言い及んだ。

秋篠は言った。御裳濯河歌合は伊勢神宮の内宮に奉納されるのでしたね。加判は藤原俊成卿、おお、花の盛りの頃には判詞が届くのですね、なんという喜びでしょう。俊成卿のおことばを待つももどかしく、今度はもう次の矢をつがえて、外宮に奉納する歌合！

西行はぎょろっとした眼で、いいえ、矢ではありませんとでも言うように、経机に重ね置いた歌集や料紙を見やった。秋篠さん、これがまた気苦労が多い。矢の方がたやすい。とくにかつての山家集から左右歌を撰んで、勝負というべきか、対話というべきか、この二つの声を唱和させるのは容易ではない。頭も首も肩も凝ってしまうのだ。

どのように左右歌を撰ぶのでしょうかという秋篠の問いに西行は物思わし気に列帖装《れっちょう》の冊子本を開いた。表紙の鳥の子紙も銀箔が剥げてこすれ、かがり糸も、ほれ、このようにほぐれたりしているが、わたしの手蹟による最後の一冊だ。はじめてこのような歌の集の冊子を眼にした秋篠は思わず唸《うな》った。わたしの手の親指と中指をひろげたくらいの大きさか。これでは字を書くのだってほんとうに小さな字で書かなくてはなるまい。茶摘みのときの自分の指先が思い出された。

それから西行はさらに言った。ふむ。俊成卿殿にもじつにご苦労をおかけすることになったのです。御裳濯河も、わたしに判詞を書き添えてくださるについては、もう一度、三十六番の左右歌を書き写して、それにさらに細筆でもって判詞を書くことになる。そうしてその正本一冊がわたしのもとに届くことになる。嬉しいことには俊成卿の肉筆だということになろうが、左右歌の方は、俊成卿の手ではなく、ご息女の手になるかも分からないが。まあ、ご子息の定家殿の手では、あはは、それはなかろう。鬼みたいな字だからね。いや、そうは言われまい。と言うのも、こんどの宮河歌合の加判は、ここだけにしておいて欲しいが、わたしは、何と、若き定家殿にと定めているのです。俊成殿とは互いに気心も知れているが、若い世代の定家殿はどのように判詞を書かれようか。それが楽しみでもあり、わたしの世代からの歌心の挑戦状でもあろうかと思っているのです。定家殿はたしかいま二十五歳ではなかったか。つまり、秋篠さん、きみとほぼ同じではありませんか。

秋篠は、西行上人の歌は青蓮院《しょうれんいん》の慈糴を介してそれなりに山家集の写本から教えてもらってきていたが、全歌ではなかった。喉から手が出るほど、書き写したかった。お茶を慈円座主にお届けに上がるときに、秋篠は慈糴から口伝てに西行歌をそらんじてもらって、それを自分の懐紙にしたためるのだった。献上するお茶箱の紙に書きつけるような文字だったが、慈円座主がそれとなく味のある手だとほめてくださるのだった。慈糴に勧められて、臨書《りんしょ》をおこたらないようにしてきた。

わたしの歌は、そうでしょう、若い歌の世代には、もう老いてしまっているかも分からない。趣味だって異なるだろう。わたしの歌の自然は、そうだね、きみの茶畑の仕事とでも言うべきか。わたしの歌は俊成卿殿のような幽玄の境地へとは、そのような彼方へとはいくまい。歌のことば、ことばだけで純粋に中空に浮かぶというようなことではあるまい。なにしろ、わたしの歌は、心の嘆きや喜びを述べることだからだ。作為する美ではない。これがわたしの古いところだろうね。

ところで、と西行は言った。そうそう、秋篠さん、きみの下の名は何と言うのか、このあいだはうっかり聞いておらなかった。秋篠は心が飛び出しそうになって、はい、秋篠長《なが》良《ら》です、と答えた。

おお、長良でしたか、と西行上人に笑みがあふれた。おお、長良川だね、おお、そうか、わたしが好きなあの大河ではないか、そこからいただいたのか、おお、伊勢湾に落ちるのだったね。縁ある名だ。すごいですよ。

そして西行上人は綴葉《てつよう》冊子のある場所を開いて、眼を動かした。おお、ここだ、ここだった。いいかね、宮河歌合の左歌をまず先にと思って繰り返し山家集を繙《ひもと》いているのだ。いや、その撰んでこのように山じるしをつけておいて、あとで何番の歌にするかをあれこれと思案するのだが、おお、これだ、ここに、きみの、秋篠が歌われている。この歌はぜひ撰ぼう。

西行上人が遠い声をだすようにして、三度そらんじた。

秋篠や外山《とやま》の里や時雨《しぐる》らん生駒《いこま》の岳《たけ》に雲のかゝれる　宮39

奈良の秋篠の里だ。生駒の山に雲がかかっているのを見れば、秋篠の里に時雨が山をわたって行くのが分かるのだ。感激するとすぐに泣きやすい性質の長良は胸が詰まった。自分の姓が西行上人の歌にあったのだ。しかも父の里は奈良の秋篠だとよく聞かされたのだったからだった。まだ自分は時雨のような晴れない心を抱えているのか、と秋篠長良は思った。

2

涙もろい秋篠長良に西行はまるで父でもあるかのように言った。

わたしとて父を知らない。顔も覚えていない。招かれた都の絵師の筆になる軸物の武者絵で知ってはいるが、声も知らない。父の野辺送りに際してはわたしは泣き止まなかったそうだ。祖父や母から聞く父の在りし日の逸話だけがわたしの記憶となった。それにしてもわたしの歌には、たしかに来世への思いがこもった歌が多い。そこにはたとえば高貴なる鳥羽院とか歌に詠まれてはそれをのちに判詞する際には困惑するようなことだろう。いいかね、わたしは言うまでもなく、このたびの歌合には、山家集の中から、あえてと言うべきか、左歌の一首には、ゆくりなく鳥羽院を見送り申しあげた時の歌を撰ぼうと思っている。

西行は秋篠の前で、姿勢を正しながら、そらんじた。

道変《かは》るみゆきかなしき今夜《こよひ》哉限《かぎ》りの旅と見るにつけても　宮63

そうだった、わたしは忘れもしない、わたしはその夏、三十九歳だった、鳥羽法皇崩ずとの知らせにとるものもとりあえずわたしは高野山を駆け下り、かろうじて間に合って、ご遺体が安楽寿院へ御渡りになるのを目撃し、葬列のおしまいに加わらせていただいたのだった。暑い夜だった。若き日、北面の武士としてわたしは二度も安楽寿院へ渡らせたまう御幸に、光栄ある武者として壮年の院をお守りしたことであった。わたしの内で、若き日の父とも思うような大いなる像が、無常の果てに渡らせたもうてしまった。しかもわたしは出家遁世してのちすでに十六年ものちのことだ。わずかに十五年も命はもたぬものなのか、わたしはつくづくと現世の儚さを覚えるほかなかった。しかも、崩御されたとたん、ただちに子息たる崇徳院の乱であったではないか。わたしは鳥羽院のこの父子の二代にわたって短い歳月とはいえ、もっとも輝かしい幾夏を、歌の契りによって過ごしたのだった。手短に言えば、わたしの幻想は潰えた。わたしは来世という、来む世のさらに大いなる幻想のもとに生きることとなった。

いや、このように述懐の思い出を言ったところで、きみたちの世代にはよくわからぬだろう。どうかな、わたしはこのたびの宮河歌合には、ぜひともこの鳥羽院を御送りした歌を撰び加えておきたいのだ。

で、右歌には、いいかね、保元の乱で敗れ讃岐に流されたもうた崇徳院がついに讃岐《さぬき》で崩御された院の追悼の歌を、並べおいて、唱和させ、そして、この一対歌を、若き藤原定家殿に、判詞をお願いしたいのだ。

その右歌とは、これとても山家集からだから、もう三十年も古きことになろうが。

松山の波に流れて来《こ》し舟のやがて空《むな》しく成《なり》にけるかな　宮64

いいかね、秋篠長良よ、これはわたしが五十過ぎてようやくにして亡き崇徳院の怨霊鎮めにもと四国行脚《あんぎゃ》の途次に詠んだ歌だ。このように、わたしの歌は、死がまるでみちしるべのように立っているのだ。さればこそわたしの他の歌は、花を月を自然のもろもろを歌いあげたくなろうというものだ。

秋篠は西行上人が三度そらんじたこの、松山の波に流れて来し舟の、を自分でも声にだして唱えて答えた。

はい、西行上人、おっしゃるとおりだと思います。しかし、わたしたちのような若い世代ともなると、いかがでしょうか。藤原定家殿とてわたしと同年配と聞いています。ああ、それに、これは慈擢から聞き及んだことですが、定家卿はおもしろき変人にて官位も上がらずくさっていてもへっちゃら、紅旗征戎《せいじゅう》吾が事に非ず、と豪語して、歌の幽玄に身をおいておられるとか。となれば、この左右歌、鳥羽院と崇徳院の父子の歌には、定家殿は事の重大さに困惑して、加判をなされないのではありませんか。もしそうとなればの仮定ですが、この左右歌の撰びは、若い定家卿の本心を引き出すものではないでしょうか。これは西行上人の挑戦、いや、わざとに志を試されたということになるのではありませんか。

と、西行は何とも言えない笑みを、弧を描いてふさふさした眉毛の端っこを動かしながら、うむ、そこです、それでこそ若い藤原定家というものだ。肝心なのは、七十を越えたわたしが、まだ二十代の堂上歌人に問いかける意味があるというものだ。わたしらの世代の古き幻想について、その歌について、往時の重大事を詠んでいるという理由で加判はしないと、判詞で明言するとなれば、まさに定家殿はほんものじゃ。そうであれば、わたしは古代からこの現代の過渡期の小舟であって、どのように空しくなろうと望むところだ。ふむ、長良さんよ、存外、きみはしっかりしている。まあ、そうでなければ、この先の世の変転を生き抜けまい。もはや鎌倉殿の武家支配の時代に突入してしまった。わたしの田仲の庄の甥の一人は、この先々は鎌倉の御家人に身を組み入れてでも生き延びて行こうという決意だった。

さらに西行は言った。

秋篠長良よ、お茶づくりだけにしておくは惜しいきみだね。

秋篠はふたたび泣きやすい気性なので、眼がうるんだ。

西行は言った。一つきみの助言をと思うのだが、わたしは、このたびの歌合の結びの三十六番の右歌には、いいかね、この歌を、これとても昔の詠《えい》ではあるが、この一首でもって、成就したいと願っている。さあ、どうだろうか、きみの世代の声を聞いてこそおきたいことだ。

そして西行は山家集の綴帖を開きつつ、次のようにそらんじたのだった。

哀々《あはれ〳〵》此世《このよ》はよしやさもあらばあれ来《こ》む世もかくや苦《くる》しかるべき　宮72

秋篠は同じようにそらんじた。すると突然、母の像が眼の前に浮かんだ。母は今様を謡いながら舞いを舞っているのだ。西行上人、これは、と秋篠はとっさに言いたくなったが、こらえた。これは今様ではありませんか、このような口語で歌はいいものでしょうか。生の声が淀むことなく聞こえて流れ去り、また同じように戻って来ては、また流れ去る。上の句は、現世ではどうなろうとかまうものか、というように、しかし、この、あわれとは如何に。苦しい、つらい、この世はそうなのだから、どうでもいいことだ、と聞こえ、そして、よしやさもあらばあれ、というふうに捨て鉢に聞こえようが、いや、庶民の声が強く聞こえるのだった。それはわたしたちの声だった。そして下の句は、来世もこのように苦しいのにちがいない、と来れば、わたしたちはどうしたらいいのだろう。そう秋篠は聞いた。これでは、西行上人、あんまりな歌ではありませんか。秋篠はそう思った。まるで救いがないではありませんか。この一首そのものが、まるでわたしの母のようではないか。

だとすれば、と秋篠は思った。この調べがもし念仏のことばだとしたらどうだろうか。もし、これが西行上人の歌の念仏のことばだとしたらどうだろうか。唱えているうちに光がそれとなく向こうに感じられて来るのではあるまいか。慈櫂がこっそり言っていたが、法然房源信とかいう念仏僧がいて日に何万回も南無阿弥陀仏という七音を唱えているという。西行上人のこの最後の右歌も、ひょっとしたら西行上人の隠された南無阿弥陀仏なのではなかろうか。

西行が言った。おやや、驚くまでもあるまい。古い歌だ。山家集で、恋の部におさめた歌だったが、この歳になって、どうにも捨てがたく思えてならなかった。恋の歌だよ。現世でも来世でもかくも苦しいというようなことだが、そのあわれがあってこそわたしたちは生きられる。わたしの母も、このよう今様を一人口ずさんでいた。そうさなあ、わたしの歌が、この先の時代に突っ込んでいくとなれば、このような声の流れの一首でもあろうか。

あはは。よりによって、外宮に奉納する歌合のおしまいに、ひとびとの心の念仏のような歌というんでは、定家卿はさぞ困り顔となろうか。とても愉快だ。若い長良よ、さあ、きみはどう思うかな。

はい、と秋篠はうなずいた。

長良は茶畑の遠くで母がこのように謡っていたように思い出された。

8章　花の下の宴

1

春の雨が降り、霞がかかり、また寒さが戻り、日一日と花がやって来る空気の匂いが庵にも秘密めかしてお邪魔するようになった。庵の前の香桜の古木の内部の命がふくらみ、水を吸うような音が西行の身にも聞こえるように思われたのだった。もう旬日を待たず、花は開くだろう。わたしは急がなくてはならない。西行は心慌てるような気ぜわしさに襲われた。閑居してゆっくりと瞑想に遊んでいる暇は、そとからだとそう見えようが、わたしにはない。これはいったいどういうことなのか。西行は煩雑な作業に追われていた。

千載和歌集に十八首が入集した朗報も、後白河法皇の総覧もすべてつつがなく終ったという報せにも西行はもう喜ばなかった。それはみな過ぎ行くことに他ならなかった。ましてわたしがすでに詠んで久しい歌だったのだから。しかし、わたしの心がそのようにして後世に残ることになるのであれば、意味はある。わたしが生きた証であり、わたしの声だからだ。

西行はこの二月、きさらぎがもうやって来て、すぐ隣に来ているのだと思うと、あれは戯れ歌の気配なしとはしないが、まことのわたしの夢だから、願いだから、もしやと思えば、ここは急がないと、この齢ではなにがあっても当たり前のことだから、そう思い、少し懼れも抱きながら、西行は一人、狭い庵の室を書き損じの檀紙《だんし》のきれぎれやら、罫紙やら、それから懐紙に小さく抜き書きした歌やらの紙に囲まれながら、いざるようにして歩き、紙を拾い、集め、合わせ、宮河歌合の編纂に倦《う》み疲れているところだった。山の谷の道に霞を先にたててやって来る春の似姿は、まるで今は亡き女院であったり、堀河の局であったりというように眼に浮かび、西行はあたたかい室温の庵の中で旅の道に斃れた老人のように身をこごめているのだった。抜き書きされた歌の料紙が風が来たら吹き散らされそうだった。

三十六番の歌合は、左歌はもうほとんど撰び終わったものの、さて、右歌のつがいをどの歌に採るかとなると、御裳濯河歌合のようには成功しない予感があった。内宮への歌の奉納は成功だった。歌が法楽であるとの実感があった。しかし宮河歌合のこの作業では、そうはいかない事情があった。それは、と西行は思い返した。右歌には、いま新たに誘惑に駆られて歌を詠んで、その歌をもって左歌のつがいにしようにも、自分は歌を断つという起請《きしょう》をしているのだから、以前の歌の集からしか撰べない。いますぐそこまで花が来ていて、自分を招き、詠って欲しいという声が聞こえているのに、その誘惑は恐ろしい。心よ、われにとどまれ。今のわたしのこの心の姿を新たに歌に詠んで、それをつがいにして、神仏に、とくに外宮ともなれば、この現世の生きの豊穣の実りにもと奉納するのだから、在りし日の山家集から撰び添えるだけに限定しなければ、これまでの自分の生涯のおりおりの心を奉納して、神仏を喜ばすわけにはいくまい。どうして新しい意匠が必要だろうか。

言ってみれば、この奉納とは、わが心の久しい古き告白そのものに違いない。わたしの一首は、大いなる大日如来のいとも小さき相似形に他ならないとすれば、この小さな相似形をわが心として奉納するほかにないのだ。

西行は腰をかがめるのもつらいので、這いつくばって膝歩きし、歌の抜き書きされた栞の檀紙のきれぎれを二首揃えで束ねていくが、それだけで歌合が完成するわけではなかった。西行の文字は、朝顔の蔓のように小さくよじれ、くねり、他の判読を誤まらせるような草書であって、しかも西行は漢字と仮名について山家集のままにしてはおかなかった。さらに撰んだ歌がすでに御裳濯河歌合に採られはしなかったかと慌てふためきさえしたことだった。いや、ここは新たに新しき歌を詠みさえすれば、と思うのだが。西行は思った。起請ゆえにということではないのだ、もうわたしは歌を詠むことが、むなしいとも思うようになったのではあるまいか。ここまで、初発が数奇に発したわたしの歌の生涯の道であったけれども、わたしはそのようにしてすべてを詠んだ、もはや、いかにして何を詠むにしても、詠むべきほどのものはすべて詠み終えた。いまさら何の未練か。

西行は檀紙の書き屑の中に流木みたいに横になった。

もしわたしのこのいまの身がそのままで歌の一首、いや生涯の歌の集積の、思出る《おもひいで》母胎の、その泉であるならば、わたしのこの身が歌であると言えようか。となればなにも歌を新たに詠んで、その歌から自分を見ると言うようなことは迷いというものだ。土間にだれかがやって来たのか。いや、庵の蔀が開けてあったのか、春の風が入って来て、西行のまわりで書き散らしや、少し浄書した伊勢和紙の料紙を吹き散らした。幼くしてことばを覚えたが運の尽きか、というようにうたたねの西行の口から今様の抑揚が洩れていた。武もまた武で滅び、ことばもまたことばで滅ぶか、いや、歌は歌で滅ぶか、僧は僧で滅ぶか、嗚呼わたしは、多くがことばで生きことばでこそ滅ぶのをすべて見て来たではないか。

西行はこの肌触りの春の風のひとひらひとひらにあやされるようにして、なにやらわが身が軽くなり、ことばなしでわが身が即身成仏しているような思いにたゆたっていたのだった。生きとし生けるものはみなそれぞれのことばを持つが、人はことにも物凄いことばをもつ。そのことばをいまいちど失うことから新たな命が生まれていいのではないか。それは転寝《うたたね》している西行の思いと言うよりは、木戸の脇に立つ桜の木が雲間の陽ざしの一瞬ごとにつぼみを内側から外へと開こうとする叫びのようだった。あなたのことばによってわたしは桜の花となり、わたしは後世にあなたのことばによってつたえられることになったではありませんか。そしてまた、そのあなたを後世に伝えてくれるものは、あなたの歌のことばしかないではありませんか。そのことにさえあなたは不満なのですか。それ以上何が入り用なのですか。

うっとりした仮眠の短い時間のうちに、庵の桜のつぼみが次々に咲きだしていた。

そして俊成卿からの便りが届いた。先《さき》にやってきた同じ従僕が喜ばしさを満面にたたえてやって来た。おまけにと言うべきか、西行は共にやって来た慈櫂の声で、夢から覚めた。その覚め際に西行は、夢の中で宮河歌合のすべての右歌のつがいが収まるべき左歌により添っていることに気づいた。三十六番、左右の七十二首がそろっている。すべて必然ではあったとしても決め手は偶然のご加護というべきだったか、西行は目覚めた。

2

霞たなびく花曇りの一日となった。西行上人の庵のまわりはもう春が戯れていた。西行、俊成卿の使いの者、直観力で駆け付けて来た飛び込みの慈櫂、そして猟師の嵯峨山が、庵の前の香桜の老木のもとに集うことになった。嵯峨山が蓆の上に花茣蓙を敷きのべ、火桶に秋篠の茶を煮出して宴を用意した。

　西行は花の下に坐ることになった。古木の漆黒の幹に背を凭せ掛け、前には庵の経机が置かれた。

　このささやかな宴の上では、この一時のうちに、雲の移ろい流れる、気がつかないくらい早い瞬時のうちに花はまるで申し合わせたようにつぎからつぎにつぼみが花を咲かせ、見る間に頭上が山桜色の豪奢な色合いに一変したのだった。嵯峨山が甲斐甲斐しく動き、みなに秋篠の茶をくばった。

　で、嵯峨山が茶を配って、おやと気が付くと、このささやかな宴に見知らないこがらな尼がいつのまにか一人加わっているので驚いた。どこか高貴なとも見える気配に嵯峨山は、どなたかと誰何するのもためらわれた。媼らしき尼は嵯峨山をちょっと手招きして、茶請けにもと小声で耳打ちし小箱をそっとさしだした。この尼が宴の末席に加わったのを他はまったく気が付かなかった。

　これは、包み、という点心ですよ、淀川の江口の里の。

　絹のような薄い漉紙に包まれて包み紙がねじってあるだけ、そのかたちがまるでお蚕さまの繭ほどの大きさだった。これは貴重な贈り物と察して嵯峨山は、みなの茶椀のそばにその、包みを一つずつ配り置いた。

　宴の始まりの口上は、やはりお調子に乗ったような賑々しく闊達な慈糴が買って出たというべきだった。御裳濯河歌合の判詞の草稿の書状が俊成卿から届いたことを寿ぐ能弁だった。

西行はと見ると、若い慈糴の能弁を馬の耳に念仏とでもいうように聞き流しながら、茶を喫し、それから、ふと、茶請けのその、包み、を掌にのせて、しみじみと見た。真っ白いお蚕さまの繭が、たなごころにころりと横になっているのだった。西行はその透き通った薄紙の捩りをそってひらき、その真っ白い繭を口に含んだ。みなも西行上人をまねて口に含み、さくさくと噛むまでもなく、甘美な繭は実体がなかったとでもいうように口中で溶け去った。まるで香桜の薫りがそのまま淡い甘味に変身したとでもいうようだった。

西行は俊成卿の書状を庵でとおなじようにまた繰り返し読み、それから判詞がしたためられた草稿を手にして、繰り返し読んだ。それは喜びと静かな安心だった。春の雲が静かに移ろっていた。頭上には山桜の花が聞き耳を立てているようだった。判詞の草稿は、懐紙ほどの大きさの料紙に書かれていた。また元に戻り、西行は思い余ってか、判詞のどこかを、声に出して読んだ。それは慈糴の耳にはこう聞こえた。慈糴は耳を澄ませた。まだ練習の足りない春の鶯が庵の裏の藪で、欠損した声で啼いた。

西行上人の声が続いた。

今　上人《しやうにん》円位　壮年の昔より

たがひに　おのれをしれるによりて
二世の契《ちぎり》を結び終《おはり》にき

おのおの老《おい》に臨みて
後の離居は山河を隔《へだつ》といへども
昔の芳契《ほうけい》は旦暮《たんぼ》に忘るゝことなし

その上に　これは余の歌合の儀にあらざるよし
しひて示さるゝ趣《おもむき》伝へ　承《うけたまはる》によりて
例の物覚えぬひが事どもを記し申《まうす》べき也

さてもかやうの事のついでには
あはれに思《おもひ》続けられ侍《はべる》ことも
とゞめがたくてなむ

西行上人の声は潤んでいた。ここを繰り返しそらんじた。上人円位、という呼び掛けであることに、慈櫂は、あっと思った。西行とは詩人であるが、ここでは、円位上人という法名が重大なのだ、ということは、西行上人の歌の、このたびの歌合の儀とは、歌から仏法への、神仏への、歌奉納による帰依にほかならないということだ。俊成卿はこのたびの加判についても、判詞を加わえるけれども、自分はあなたのような境地まではまだ届いていないけれども、しかし、あなたの信心の深さ、その飛び越えについて、ついでにもと、あなたの思う、あはれ、についてどうしても書いておきたくてならなかったのだ。そう俊成卿は言っておられるのだ。当代随一の歌壇の首魁がこのように心をうちあけて対しているのだ。慈櫂は、初対面で自分が能弁をもって西行上人におしゃべりしまくった内容が恥ずかしくなった。山家集の編纂より、もっとわたしどもの世代に読みやすくわかるように、あなたの生涯の一部始終が具体的に、編年体で編んでもらいたいのだと、くち泡をとばしてしゃべったことだった。いま、西行上人は、このように自歌合《じかあわせ》の発明によって、そのような自伝的詠歌から、生きの飛躍をこそ成し遂げたということだろう。それがひしひしと俊成卿に伝わったのだ。

西行はやがて眼を挙げた。山桜の花の房ごとのあいだに、花の命の豊満な色をきわだたせるとでもいうように雲が浮かび、空の青さが湖水のようにひろがっていた。

西行が慈櫂に向かって言った。目尻の下がった笑みが浮かんでいた。

おお、若い慈櫂よ、この、包み、という名の、白き繭玉のような茶請けは、まるでわたしの歌のようだった。口に含んだとたんにもう溶けてしまって、はて、いったいこれは何だったのだろうかと。世にも不思議な味わいだった。もう思い出せない。いや、思い出すということ自体が、いかにも人の業とでもいうべきかな。人の意思なくして自ずと思ひ出《い》でるときだけが真《まこと》かもわからない。

慈櫂は西行のそばに呼ばれ、俊成卿の判によって勝ちとされた歌をそらんじることになった。花に聞かせよ、雲にも、この風にも、と西行が慈櫂に判詞の草稿綴じ冊子を手渡した。慈櫂は眩暈がするほど嬉しかった。

慈櫂はもちまえの読経で鍛えたいい声で、綴じをめくりながら、勝ちとされた歌をそらんじた。

三番　左
おしなべて花の盛りに成《なり》にけり山の端《は》ごとにかゝる白雲
六番　右
憂き身こそ厭《いと》ひながらも哀《あはれ》なれ月をながめて年の経にける
八番　左
花にそむ心のいかで残りけむ捨てはててきと思ふ我《わが》身に
十番　左
吉野山やがて出《いで》じと思ふ身を花散りなばと人や待つらん

十一番　右
岩間とぢし氷もいまはとけ初《そめ》て苔の下水《したみづ》道もとむ也
十二番　左
色つゝむ野辺の霞《かすみ》の下もえぎ心をそむる鶯の声
十三番　右
降りつみし高嶺《たかね》のみ雪とけにけり清滝河《きよたきがは》の水の白波
十五番　右
聞かずともこゝをせにせむ郭公《ほととぎす》山田の原の杉の群立《むらだち》
十六番　左
ほとゝぎす深き峰より出《いで》にけり外山《とやま》の裾に声の落《おち》くる
十七番　左
あはれいかに草葉の露のこぼるらん秋風立ちぬ宮木野《みやぎの》の原

ここまで慈擢は声を鎮めがちにしてそらんじた。声にするうちに慈擢は自然の姿に包まれるように思った。そうだ、さきほどの白き、包み、という茶請けの、あのま白き繭みたいなのが、わたしたちであるやも分からない。おお、この宮木野は、陸奥の国のことゆえ、おそらくは、西行上人、みちのくの旅を思い出でてのことだ。ああ、秋風立ちぬ。

慈櫂は西行上人に聞こえるようにというより、一体どこにむかって歌の声をとどけていたのだったろうか。

十八番　左
大方《おほかた》の露には何のなるならん袂《たもと》に置くは涙なりけり
十九番　左
足曳《あしびき》の山陰なればと思ふまに木末《こずゑ》に告ぐる日ぐらしの声《こゑ》
廿番　右
月見ばと契《ちぎり》おきてし古郷の人もや今宵《こよひ》袖濡《ぬら》すらん

この廿番右歌にかかったとき、慈櫂は思った。この古郷《ふるさと》の人とは、いったいどなたであろうか。田仲の庄の親族とでも言うのか、いや、わたしにはどうしても高野山ふもとの天野の里に庵を結び暮らしている別離の妻に他ならないかに思われるが。古郷の人々のうちの、そのお一人こそが、西行上人の妻子であろうではないか。露、日ぐらしの声、そして月。さらに慈櫂はそらんじた。その瞬間、西行上人は何処かと隣を向いたが、西行上人は山桜の太い幹に背をもたせ、ほとんど仮眠しているように見えた。歌の中に消えたかと一瞬慈櫂は思ったのだった。

廿二番　左

霜さゆる庭の木の葉を踏み分《わけ》て月は見るやと訪《と》ふ人もがな

廿四番　右

もらさでや心のうちをくたさまし袖にせかるゝ涙なりせば

廿五番　右

頼めぬに君来《く》やと待つ宵《よゐ》のまの深《ふけ》ゆかでたゞ明なましかば

このとき、廿四番の歌に、ふと俊成卿判詞の、右歌、猶よしありて聞こゆ。勝べくや、の文言が見えたので、慈權は思った。どうにもわたしたちの世代には、西行上人の恋の歌はへたくそに思われるのだが、ここに源氏物語の、由《よし》、があるとなれば、いずこでか西行上人が源氏物語に親しんだのであったろうか。若い慈權にはこれが可笑しく思われたのだった。さぞかし妻なる人にみちびかれてか。

さらに慈權は冊子綴じをめくった。

廿七番　右

物思へどかゝらぬ人もある物をあはれなりける身の契《ちぎり》かな

卅一番　左

暁のあらしにたぐふ鐘の音《をと》を心の底にこたえてぞ聞《きく》

　世五番　右

頼もしな君きみにます折に遭《あ》ひて心の色を筆に染《そめ》つる

俊成卿が勝ちとした左右歌を、慈糴がそらんじているあいだに、この宴の末席にいたはずの媼尼の姿がかき消えていたのだった。嵯峨山もやっとそのことに気がついた。西行がもたれていた山桜は慈糴の声がひびいているあいだにも、花を開き、また花びらをふるわせ、たがいに照応するように広がっていった。眼をあけた西行が言った。いや、北面の武士の頃の、院の濃厚な色をこそ思い出でて、そして目覚めると、この花の下であったか。

3

歌で生きることはどういうことなのか、慈糴は西行上人の腕をとりながら庵の土間を一歩一歩歩いた。花の下で西行上人の御裳濯河歌合の、その俊成卿が勝と加判した歌を自分がそらんじたという栄誉につつまれながら、このことを一生涯忘れることなかるべしと胸に秘め、そして、このことをこのさきどのようにして伝え残すべきかと思いがかけめぐった。慈擢の若い強い腕には、西行上人の老いはまるで花のようにさえ感じられたのだった。

みなが室で車座になった。西行上人は春の空気にややも疲れているようだったが、すぐに嵯峨山に、上絹五疋を用意してくるように言いつけた。それは俊成卿へのお礼の心づくしだったのだ。嵯峨山が奥の櫃から五疋を取り出してきて、西行上人の前に置いた。それから経机に肘をつき筆をとり、懐紙に俊成卿宛ての礼状を記したのだった。西行上人の右手がすこし不自由なのが慈擢には分かった。

西行は心から満足に堪えないというような笑みをこぼして俊成卿の使いの近習に言った。あはは、この絹五疋などくらいでは俊成卿への感謝をあらわしきれないけれども、老いたる円位上人からの気持ちと思うてください。田仲の庄の甥がおりおりに届けてくれるもので怪しいものではありません。俊成卿の加判の労にむくいるにはいかにも僅かではあるけれども、俊成卿にこそお役にもたちましょう。いまに息の定家殿が少将の官位に上るならばこれにすぐるよろこびはありません。どうぞ、若い定家卿殿にもよしなに言うてくださ い。わたしは一、二度拝したこともあったが、定家殿の手蹟は、あはは、あまりにも真剣で、鬼のような手であったが、忘れがたい魂魄がみなぎっていましたよ。俊成卿の優雅な筆とはまったく違うが、不思議なことだ。子息はみなあっというまに父を越えて行く。はたしてわたしは父を超えたものやらどうやら。いずれにしても、父も子もそれなりに似姿の相似形ではあるのだが、これは歌も同じことだ。まあ、慈擢よ、わたしの厖大な数の歌だって、いや、何のことはない、どの歌もどの歌も、大いなるものの、その小さな相似形の反復ではあるまいか。この似姿の反復は終わりがなかろう。ちょうど大自然がいかに多様であろうとも、みな繰り返し無限であるようなことと同じではあるまいか。この似姿を懼れていてはなるまいよ。この似姿がわずかにでも壊れるとき、そのときはまたふたたびそこから新たな似姿が生まれよう。そして、今が、そのような時代に突入したのは明らかだ。なにも政権の変転のことのみを言うているのではない。あれはあれで無常のうえに成り立っているのだから、どうとでもなればなるでよい。が、歌はちがう。歌は無常を超えるための舟だと覚えよ。その舟もまた進化しようぞ。それが、きみたちの世代の大仕事だ。俊成卿もわたしも、すでに古い。最後の古い舟なのだ。

　西行はそう言いながら、自らの手で、絹五疋を上質の伊勢和紙に包み、まるで黄金の一山のようにつくりなした。それから西行はまた嵯峨山に言い、宋銭の穴あき銅貨を持ってこさせ、俊成卿の使いの手にたっぷりと載せた。あなたの酒代にでもなされよ。今般は心から感謝をいたす。なによりも俊成卿の長寿ご健勝を祈ります。花の下の宴は終わった。まるであの茶請けの、包み、のように儚かったが、忘れがたいひと時だった。

　二度とあるまい、二度とあるまい、と慈櫂は心に唱えたのだった。ああ、旬日を待たずして、花は風に吹き散らされるだろう。わたしは比叡山に帰るさ、近江路で、みずうみのほとりで、春に別れを告げて行く旅の人々に出会うだろう。慈櫂は思っていた。西行上人にならって言えば、そのような花の別れもみな、おおいなる無常の似姿、個々夫々の相似形の歌の姿のようだと言うべきではないだろうか。

俊成卿の使いは背に絹五疋の重い荷物を背負って庵をあとにした。

西行は経机に倚りかかったまま言った。わたしは数奇ゆえに花を見すぎてきてしまったが、もう今では、見ずとも歌わずとも、歌に詠まずとも、なにやら自分が花にでもなったような気持ちになる。可笑しなことだ。心に花が咲いている。さて、しかし、慈櫂よ、思いもかけず、俊成卿の深き思いによって、判詞の草稿は成り立った。ここは、わたしはさらに急がなければなるまい。外宮に奉納する宮河歌合のことだ。やはりわたしはここまで来ても武門の末裔だなあ、流鏑馬の一の矢を射ったと思うたのに、もう次の矢だ。あはは、流鏑馬の三の矢とは何でろうか、神仏に奉納する第三の矢とは。

慈櫂は、思わず、西行上人、まだ次の矢の企てがあるのですか、と声に出してしまった。

いやいや、諸社神仏へ奉納の歌合はすべて慈円座主にお任せしてある、これはゆっくりと時間がかかろう。わたしの言う第三の矢とは、如何に死ぬるかという仕事のことだ。いや、いや、きみたちは如何に生きるかの矢を射つづけることだけでよい。わたしは手持ちの矢はみな使い切った。

どうやら西行上人には、と慈櫂は見つめた。若き日の流鏑馬を今ここに心に生きておられるとは。美少年の荘園領主の子息が陸奥産の駿馬を疾駆させて、弓をオッ立ててすかさず矢を放ち、とってかえしてまた疾駆して矢を放つ。さらに厖大な距離の回国修行の行脚を重ね重ね、さらに老いの果てにきて三千里のみちのく行を成就する。なおかつ詠み捨てを加えたなら数千首の歌を詠み、自歌集を編み、そのうちから伊勢神宮に奉納する自歌合を編む。なんということだろう。熊野にも籠り、あるいは大峰の百日峰行を二度にわたって成就しつつも、その過酷な修行のうちにも雅の歌を詠む。そして今、この春の花の下で、こんなわたしに、俊成卿加判の勝ちの歌を花の下の宴でそらんじる栄誉を与えてくださったのだ。

そして今、残る大仕事は死ぬることだと仰《おっしゃ》るのだ。ひょっとしたらそれは、上人の心のうちに浄土をこそ遷《せんど》土することではなかろうか。

西行は腰をかがめてやっと立ち上がった。厨子の脇にある小さな違い棚から綴った冊子をとりあげて、また経机の前に坐って言ったのだった。

昨夜のうちに、このように宮川歌合の三十六番は出来あがったのだが、と西行上人はため息をついた。いいかね、このように切り貼り、糊付けして、つがいの歌を合わせるのは三千里の旅をなすより苦労であった。わたしの歌でもって、わたしの生きの有体《ありてい》を神仏に奉納するのだから、うそいつわりの心が残っていてはならない。少しは己の生きをよく見せたいところだが、そうはいかない。もうあるがままだ。それより他はない。そうして、三十六番、最後の右歌が、こういう歌を撰んでしまったが、これがわたしの到達の結論だということになるだろうか。こころもとないことだ。

西行上人は声をこらえるようにしてそらんじた。


哀々《あはれ〳〵》此世《このよ》はよしやさもあらばあれ来《こ》む世もかくや苦《くる》しかるべき　宮72

いや、だからこそわたしたちは願うのだがね、と西行上人が言い、ぎょろっとした眼で慈㶚を見た。で、それはさておいてだが、と慈㶚に冊子綴りをのべてよこして言った。これこそが、わたしの秘中の秘ともいうべき企みであるが、この宮河歌合の判者には、ぜひとも、若い鬼才なる藤原定家殿にと思っているところだ。どうかな。

慈㶚は頭がくらくらしたが、すぐに答えた。

西行上人が言った。ただ、このような貼り付けやら切りはりやらの、つがい三十六番では、見苦しくて、とても定家殿にお届けするわけにはいかない。慈円座主にお願いして、能筆のだれか徳大寺家のご子息にでも浄書していただきたいものだが、どうだろうか。

なにもおおっぴらに言うこともないが、ほら、わたしの指はこのようにひきつれて動きもままならなくなっている。撰びはみな山家集からゆえ、なに、きみにでもたやすいことだ。

はい、と慈櫂は答え、それではただちに控えの写しを書き写しましょうと、ただちに写本にとりかかった。西行上人自筆の貼り付けの冊子を正本として、これから写す控えを二次の参照となせばいいのだ。

すべてを西行は慈櫂に任せ、安心して室の奥の衝立のかげにいざってあるくようにして横になった。褥にはまだ書き散らされた反古がそここにちらばっていた。

4

西行上人が疲れて仮眠をとっているあいだに、春の時刻はゆっくりと流れ、慈櫂はようやく春の夕べが立ち込めた頃に、三十六番の歌合をすべて書き写した。西行上人が書いた手蹟はことのほか判読し難い癖があったがしばらくするうちにのみこめたのだった。おそらくは伏したままで書き写したと思われる自歌の仮名文字は、しのぶもじずりのように捩れて、あるいは朝顔の蔓の先のようにどこかへと延びようとしていたりで、判読がつきかねたが、慈櫂は幸いにも、慈円座主から写本をゆるされた山家集をひそかに享受していたので、下の句でも、上の句でも、眼をこらしているとすぐにあの歌だ、この歌だというふうに分かったのだった。

ただ山家集の歌とは、同じ歌であっても漢字表記が異なることが多々あった。慈櫂はそれをいまの西行上人の心のありかたであろうと判断できた。漢字と仮名とのせめぎあいの境に、西行上人の今の心境がほの見えるように思ったのだった。

哀々、としるすよりも、あはれあはれ、と書く方が、あはれの気持ちがもっと切なく感じられるように思ったけれども、漢字でいきなり、哀々此世は、と書かれてしまうと漢字がまるで経文の一節のようにさえ感じられた。自分がそらんじて覚えていたのは、山家集のなかでは、あはれ〳〵この世は、であったではないか。ふっと慈櫂は、もしや西行上人は、かな文字のみやびから漢字の直ちに視覚的な音へと切り替える思いがあったのだろうかとさえ思った。

哀々《あはれあはれ》此世《このよ》、では、アイアイシセ、とでもいう視覚音で、一瞬にして耳にも聞こえ、哀れの意味の情の動きが生まれるのではないだろうか。

ついに七十二首の浄書を終えた慈櫂の前に、春の夕べが一瞬だが燃え上がるように夕べの光の手をのばしてよこした。日輪が山の端に没するところだったのだ。西行上人の体温がしみついたような正本はそこここに切り貼り傷のあることばの群れのようでさえあった。墨跡は濃すぎて太かったり、薄すぎてかすれ、倒れ伏していたりした。それを春の夕べの最後の光が蔀《しとみ》越しに橙色に染め上げていた。アイアイシセ、という音が色彩に変わっていたのだった。正本の綴じの紙縒りはほころびかけていた。

無事に大きな任務を果たした安堵感で、慈曜はもう一つの小机にもたれて一瞬眠気におそわれた。一日一日、花がたちまちに盛りになり、やがて風が立ち、雨がやってきて、周りは花吹雪から無惨な情景に変わっていたのだったが、しかしただちに若葉の葉桜がこんどは生命力にみちて、あっというまに黒ずんだ緑へと変身するのだった。慈曜は花びらの妖美よりも葉桜の美しさにみとれていた。おお、花だけではない、ほら、これらの桜の小さな愛らしい赤き実はどうだ、慈曜はひろいあげて齧った。その苦さに目が覚めた。

西行上人が真向かいの経机に向かって坐っていた。慈曜はあわててすべて無事にこのように写し終えましたと言い、檀紙に見事に写された綴じおりを差し出した。西行上人は正本と比べ合わせはしなかった。慈曜の筆の勢いを、眼を細めて見ながらほめてくださったのだ。もっと武張った手であったかと思っていたが、慈円座主の手に似ている、と言うのだった。慈曜は嬉しかった。西行上人に自分の手蹟をほめていただけるということは一生にあるかなきかのことだった。西行上人は言った。そうだねえ、慈円座主の手は美しすぎるくらいみやびだ。琵琶湖の宮の岸辺の葦のような。あれは生まれつきというものでしょう。私の手はどうしても武門の手がとれない。

はい、とだけ慈曜は答えた。

西行上人は、にわかに慌てふためいたような心になったらしく、一日も早く、これは定家殿にお届けしなくては間に合わないことになろう。いいですか、まずは比叡山に帰ったら、この正本ときみの写本とを慈円座主に見ていただいてのち、慈円座主殿から藤原定家殿へとお届けあるようにお願いしますよ。

二人はしばらく暮れなずむ春のつかの間のうちにあった。慈擢は西行上人の横顔を見ながら、ふっと思った。この花が散った頃には、上人は忽然とどこかへ旅に出るのではなかろうかと思われたのだった。横顔が、せいせいしたとでもいうように若返って見えたからだった。でも、この今の足つきでは、そうもいくまい。いや、しかし、西行上人のことだもの。旅に出るとなれば、足も動くのだ。

西行上人が、おやというように思い出されたのか、ところで、お茶の秋篠だが、この花の頃は茶畑がたいへんであろうか、と言うのだった。

いいえ、と慈擢は笑みを浮かべて答えた。長良殿は、なんとまあ、最近、妻を娶りました。やれやれ、嬉しいやら、うらやましいやらです。わたしなんかはこのままさらに二十年も修行に明け暮れたとしても、とても悟りにたどりつけまいという思いに来ているところです。それもあってわたしは、ひそかにですが、いいえ、これは慈円座主がとても理解が深いのでありがたいのですが、法然房なる源信僧都のお説を学びにおりおりに通っているのです。

西行上人は経机に両肘になって重そうな顔を両手にのせて、うん、いいではないか、とつぶやいた。何事も若返るべきときが来る。南無阿弥陀仏の念仏一つあれば、他力本願でみなの苦しい心が楽になるのならどんなによいことか。いいかね、わたしのような齢になってこそ分かることだ。修行も苦行も刻苦勉励の教義学習もままならなくなる。すべてはもっとすこやかで平易であるのがいい。密教を出でて、顕教に乗り出すということもいいことだ。このわたしだって、南無阿弥陀仏だけ唱えたいところだ。まあ、そうはいかないまでも、歌というはそこまでいくということだ。で、ところで、あの長良殿は、妻を得たのか。これは何というめでたいことか。人は一人生まれて一人で死ぬると言うが、それはまずかろう。やせ我慢と言うものだ。高僧などはそうあってもしかるべきだろうが、普通はそうはいくまい。二人して生きるのが、それがこの世の浄土だと思うのがよいのではあるまいか。おお、こうも言ってよいか。歌合は、左右つがいなわけだが、これを左右いずれかの優劣の競い合いと見るのは、いかがなものか。歌もまた一首でもって天地に立つというも見栄えがよいが、さあ、どんなものか。左右歌がたがいにむきあって心を重ねるという所作もわるくない。さしずめ、あの感情家の長良がその新妻とやらとたがいに向き合って茶を摘むとはなんと贅沢なことだろう。凡夫にとっては、いや、なにも秋篠を凡夫ときめつけているわけではないが歌合のような向き合いが、さしずめこの世の浄土とでも言い得ようかな。

西行上人のことばはやわらかくひびいた。いや、わたしはもうやり直せないが、きみたちは自由だ。秋篠だっていつ念仏宗に帰依するとも限らない。もう国家鎮護だとか貴族のよりどころの祈禱だとか、そういうあたりだけでは末世を過ぎ行くことはできまい。長良とその新妻など、個々がおのれの自由によって救われるという心が生まれれば、それでよいのではあるまいか。現世を無理やりに高く超えるなど、若き日にはひとしお感銘が深いが、やがてその終わりが見えてくるのだ。

慈櫂は胸が熱くなった。春の初めに秋篠の茶畑を通りかかったとき、秋篠が妻とふたりで農作業をしている姿をみかけた。あの景色はこの世の浄土だったではないか。秋篠が妻を呼ぶ声がひびいていた。その瞬間に偶然にも行き合わせたことで、慈櫂の僧衣は小走りになった。しみじみと、あはれの情がいとおしいくらいに趣深く思われたのだった。

慈櫂は口まで出かかったものの、問いにはならずに終わった。西行上人、あなたの妻子は、というような問いだったが、それは今やほとんど空言にしかおもわれなかったのだ。西行上人は、いま、妻子の面影を心に生きているのだなとだけ慈櫂は感じ取った。

さあ、行きなさい。西行は慈櫂を木戸まで送りに出た。夕べの桜は佐和佐和とでもいうようにささめき、花房はみな明るさのなかでより豊満だった。手にふれさえすれば浄土だろうにと慈櫂は苦しがった。嵯峨山が西行上人からのお礼だと言い、絹一疋の包みを背負い袋に押し込んだ。

慈櫂は香桜の夕べの薫りのもとをあとにした。

宮川歌合の判詞が成る頃には、また逢いましょう。西行上人の声が耳に残った。春は暮れてからが濃密になった。

9章　幽谷

1

いよいよここは難所だなと西行は思った。これまでどれほどの難所を過ぎ越えて来たことだったか、その繰り返しの同じ互いに似かよった難所にちがいなかったが、ここでは、過ぎ行くことそのものの、眼には見えない、身にも脚にも応えないような難所だと思う他なかったのだった。花は咲きつづけ盛りになり、日々は過ぎ、盛りを超えてさらに凋落の前の美しさを燃え上がらせ、花びらはあやしくも濡れ湿り、衰えながらも抗い、花の下にある西行の心のなかへと花びらは時の流れそのままとなってふりそそぐ。西行はすべての春の、その幾春の山桜を求めて奥山の峰にさえよじわけてのぼり、まだ見ぬその山桜の花に逢うためにほとんどの山も里も名所も歩き巡ったのだが、いったいあれはなんであったのであろうか。

いま、この嵯峨野の庵の庭の桜の木の下で瞑目しながら、西行は時間というこの決してこの手でも筆墨でも掴まえられない空虚にしてなお満ち満ちたる流れとその永劫の静止を感じ取って、もう泣きたいくらいの哀れを覚えていたのだった。もう重力にたえられなくなった花びらは滂沱たるかわいた涙の形になって西行にふりそそいだ。一陣の風が吹くと花びらはまわりが見えなくなるほど吹き散って庭にふりしきった。こうして時が終わったことを、または時がその本性の姿を顕したことを識るのだった。いったい、どこが真の難所だったのか。時は終り、また時が始まる、その一瞬のあわいこそが、生きの難所であったのだろうか。西行は思った。浄土へと渡るその一瞬とは、このようなことであろうか。いや、たしかに浄土は在る。いや、在るであろうと言うべきものとして在る。彼方が在ると思うように、浄土は在るだろう。その彼方とは、わがうちに在ってこそ、彼方に在るというべきだろう。時がそこへと流れている。時は滝のように懸崖をしぶきをふりまいて垂直に落下し、滝つぼをうち叩き、滝つぼからはさらに水という譬えで平らかに流れ下る。人は、わたしもまた、そのような時の滝に垂直に打たれている。しかし修行者の心身のような巨力な打撃はない。空気よりも風よりも軽く、平らかな水の、時こそは心を悲しませる。その悲しみの深さは譬えるべきものがないように切ないあわれなのだ。その、あわれの心が、時の本体なのではあるまいか。

歌を断つ起請《きしょう》以前であったならば、もうここでは幾首もたてつづけに歌が呼吸のままに詠まれて姿を顕してごく自然な営みであったが、いま西行の心には歌の一首とて生まれようがなかったのだった。西行は茫然としているわけでなく、ただぼうとして空寂の思いに戦《そよ》がれていたのだった。花びらは伊勢の海の、あるいは瀬戸内海の、讃岐の海の貝殻のように膝にも両肩にも手にもふりつもった。雪のようにふりつもった。いったい自分は歌のことばで時をこそとどめおき、時をこそ超えようとしていたのだったか。この世の、現世の悲しみ、苦しみ、喜びのすべてを、時に朽ちないものとしてとどめおきたかったのではあるまいか。いや、わたしは堂上貴族歌人のように筆まめに時代についてもその具体的な顕われを一行とて記録しなかったし、するつもりもなかった。それは歴史に触れて生きたという証にもなろうが、わたしはそれらすべてをことばにはのこさなかった。すべてわたしのこの心中にのみ鎮めて来た。

歴史はわたしの管轄下ではない。むろんわたしは、鳥羽院その他の具体的なかたがたについての悲しみも、あるいはまた木曽殿のごとき武者の亡骸《むくろ》累々たる暴挙について揶揄的に詠むことがあったにしても、わたしの歴史への関与とは、心の契りありし人々の具体的な像についてのみで、その遠景の歴史から演繹することなどわたしのよくするところではなかったではないか。わたしは寂しさに戸惑う、山を移動しながら雨を降らせる時雨なのだ、冬の螽斯《きりぎりす》なのだ。

また風が立った。花吹雪だった。この、二月、きさらぎの、望月のころ、とわたしは詠んだが、まだ来世は迎えをよこさぬらしい。よろしい。

西行は香桜の下に坐ったまま、思い返していた。にもかかわらず、わたしがただ一度だけ、歴史に打って出ようとしたあの過ちとはなんであったのだろうか。一夜にして敗北を喫した保元の乱の一瞬だった。わたしは仁和寺北院に潜む崇徳院のもとへはせ参じたではないか。忘れもしない暑い夏の日だった。そうとも保元元年の七月だ。わたしは三十九歳だった。出家遁世して高野に遁れてから七年。修行を重ねながらもまだ迷いがあった。だれかのちにわたしのことを調べるような者が出て来ようものなら、西行はあの一瞬、保元の乱の敗北にもかかわらず手勢を糾合して反撃して、北面の武士の面目躍如たるを歴史に残そうという野心さえいだいた不屈の武門だというものが出て来ないとも限らない。たしかに一理あるうがった意見だが、わたしの本心はあのときいったいどうであったのか。歌の契りある崇徳院を護って、わたしの本心はたしかに、わたし一人でも弓をもっておそばにあってこそ歴史に加わるのだというような思いが兆さなかったとはいわれまい。しかしときすでに遅かった。あの一瞬、わたしに残っていた重代の武門の矜持は滅び去った。北院の阿闍梨に面会して、ときすでに遅しと告げられ、この場から直ちに逃げよと告げられたとき、すべてが終わった。わたしは剃髪した崇徳院のお顔さえ拝することがかなわなかった。わたし自身のいのちがかかっていた。発覚したならば、わたしは梟首《きょうしゅ》され、額に五寸釘を打たれて、四辻に晒されているところだった。わたしは夜陰に紛れて仁和寺から逃げた。仁和寺を包囲した武者たちは僧形を誰何しなかった。

庵の桜は颪に吹き散らされてしまった。西行はようやく庵室に戻った。

わたしは宮河歌合もなしおえた。あとは定家殿の加判がつつがなく終えられることだが、そうはたやすくはできて来ないであろう。室に戻ってみると、空寂が満ちていた。西行は身の置き場がないような大きな悲しみに包まれた。若かった日々には一度も味わったことのないような悲しみだった。在りし日々のようにただちに回国の旅に出ることもいまはかなうまい。この春の終わりにどこかどうしても行くべき旅先がお前には残っているのか。そう西行は心に言いながら、経机に向かった。

2

花は過ぎ去って行ったが花の面影は西行の心に残った。浄土へと赴くべき時にはこの花の面影がまるで自分の護照《ごしょう》にもなろうかと西行は思った。この大地がこの世に在る限り花は千年であれ咲きませと疑うこともなく、花から遺されて西行はたちまち葉桜の精力溢れる緑陰に身をゆっくりと立てるほかなかった。庵の葦の花莫蓙に身を横にしながら、もうそこいらには書きつぶしの料紙の反古の一枚とてなく、歌を詠まない自分というのはいかに空寂たるものであろうかと晩春を一人生き延びている気持ちだった。都へこそは行きたいけれども、さていったいどなたをこそ訪ねるべきか、世代は代わり、縁ある人々はもうどこにいるのやら見当もつかないことのようにぼんやりと思いめぐらしていた。いや、わたしの外を洪水の流れのように押し流していく時代の変転は聞こえぬではなかったが、もう、自分を訪ねて来るひとびとはほとんどが押し流されて、何処かの岸辺に打ち上げられているにちがいなかった。まして別れた友らはみな早々にただ記憶だけの面影と歌のいくばくかの調べを西行の心にとどめていなくなってしまった。

歌を断った西行とはいったい何の意味があるものだろうか。

西行は晩春の風が蔀《しとみ》から囁いて行くのを聞くように思った。浄土を思うたら歌は詠まれますまい、とも風はにやりと嗤って吹き過ぎるのだった。西行はふっと寝返りを打った。反駁も何もない。わたしの歌の捧げものは終わったのだ。あとはこの身一つ、この心一つにすぎない。わたしの厖大な数の歌とは何であったのか、それをわたしが知るわけがないではないか。わたしはただおりにつけて歌のことばで生きることが生きることだったのだし、また死ぬることでさえあったのだ。しかし、いまここで、西行よ、円熟せよとけしかけられても、わたしの歌はもはやわたしの管轄下にはない。わたしの全歌の文書管理などもってのほかだろうよ。わたしが詠んだ歌はみなわたしの心だった。わたしには歌を作るという作為がなかった。わたしは歌僧ではなかった。わたしは高位の仏教者でさえなかった。わたしは漂泊者でさえなかった。わたしは野心に魘れた武門の子息でもなかった。わたしは数奇の道に踏み迷った出家遁世者と言われようが、わたしの数奇はわが外祖父の数奇とは根本が異なるにちがいない。わたしの歌の数々はつねに平易きわまりなく、田圃にまかす春の水にすぎなかった。ことばの綺羅技巧を凝らした美とは異なるのだった。西行よ、老いたる者よ、足蹇る者よ、あの鉄脚とて折れようと知らざりしことなき者よ、この晩き春のうえを燃え巡る日輪よ、わたしの歌のことばのいくぶんかはあなたの光の雫であればというだけのこの世の営みにすぎなかったのだ、この老いたる詠み人知らずであるわたしとは。

繰り返しこのように思いは巡り、わたしは歌の円熟ではなく、むしろ歌の円寂にこそ至りたいと、いや、歌の消滅にこそと、ゆらぐ西行は、多くのことばが枯れ尽きたわけではなかったが、否、むしろ満ち来たっているとも覚えながらだが、いま、この老病の兆した身にあって、ことばの初原の荒野に立ちたいと願っていたのだった。なぜわたしにことばはやって来たのか。

それらの朽ちかけた心の日々の或る日に、もう訪れるひとのないような日々に、雨が過ぎ、月が満ち、満天の星空が巡っていたその或る日に、二つの愛らしい桃色の雲のように客が訪れたのだった。秋篠長良だった。新茶ができたというので息急ききって駆け付けて来たというのだった。西行は激痛に襲われる左脚のために、もう正座することが出来なかったので、嵯峨山が知り合いの宮大工に頼んで、高僧が掛けるような背もたれの高い椅子を用意していた。それに膝行しながらにつかまり、身を立て、エイと声を出しつつ椅子にかけて、満面の笑みでもって、秋篠を迎えた。椅子に掛けて見ると、秋篠の背中の後ろに愛くるしい女人が小さく隠れるようにして控えていた。

西行は眼を細めて嬉しがった。おお、おお。あなたでしたか、長良殿をお守りくださるのは。おお、美しき哉。西行は眼をもっと細め、長く白い眉毛を跳ね上げるように笑みをたたえて言うのだった。まことに花の如しだ、秋篠殿、善き契りを果たされたことだ、じつに麗しい幸いだ。

秋篠は新茶の木箱を前にして、今春の茶のできが最良だったむねを申し上げるのだった。裏山の棚田から田植え仕事の合間に、泥の手のまま嵯峨山が駆け付けて来たので、早速に新茶の宴が提案されたのだ。

はい、これは吉野と言います、と秋篠は妻を紹介した。西行はその吉野という名の女人のつつましく気品のそれとなくもれるたたずまいに、思いがけず胸がつまるのを感じた。長良は吉野と一緒になって大きな茶箱の蓋を開けた。新茶の香りが西行の椅子まで匂い立った。西行はまた笑い声で言った。おお、吉野殿はまるで禿童児《かむろ》のごとくですね。すると、吉野は、はい、と答え、このようなおかっぱ髪でこそ茶の労働のハカがいきます、と明朗に答えた。鍾愛されている証のような明るさだった。さも長良は誇らしく嬉しそうだった。

ええ、西行上人、これは実は篳篥《ひちりき》の名手なんです。西行はさらに喜んだ。おお、篳篥とな。ゆくりなく西行は江口の遊女の時雨に宿りのことが思い出された。

嵯峨山が土間の竈に火を焚き、やがて新茶が煮出されて、晩春の茶の宴が開かれた。

茶を喫したあと、秋篠はあらたまって西行に報告した。

西行上人様、わたしたちはこのあと古郷をあとにし、新天地を駿河の国に求めることにいたしました。いずれはどこもかしこも鎌倉殿の支配になりましょうから、思い切って、茶づくりを駿河の富士の山の見ゆる山里に開きたいと思いました。この吉野も賛同してくれました。はい、わたしは慈輝殿からあまたの教えを頂戴して、ここまで来られたように思いますが、やはり信心についてはどうしてもわたしどもには、念仏宗の方がまことに平易で、日々唱え行いうる祈りのように思われ、そして実際に、苦労の心もまた鎮まるように思えてなりません。そのうちに歳月がすすめば、台密も東密も越えて、人々にずっと親しみ深い顕教の方面へ、遠い地方へと伝播して行くように思われます。わたしたちにとっては、とてもとても厳しい修行などできるような環境でもないし、その力もありません。在俗のままで神仏のご加護にあやかって平安な心の暮らしを貧しいながらも求め行きたいのです。わたしもこの吉野も、この現世の日々の暮らしの景色をこそわたしたちの浄土と見定めて生きたいと考えています。その果てに、その先に、さらに善き浄土があろうことなら申し分ないのですが、いま、わたしたちには現世でいかに良く生きるかが、そのありようこそが浄土なのだと思っています。わたしたちは末法の思想にはくみしません。いかに現世が末法下にあったとて、人はこまごまと生きてこまごまとその日その日の悲喜こもごもをこそ恃《たの》みとして生きているのです。他力とは、なにも大きな他力のことを思うているわけではなく、このわたしたちのように、もっとも近きにともにある者の他力が始まりのように思われてなりません。大地自然の大いなる他力を、神仏の他力は最後の護りですが、まずはわたしはこの吉野をこそ他力の光と思うています。

そこまで言うと泣きやすい秋篠はもう涙ぐんでいるのだった。

西行はおおきくうなずいた。長良殿、なにごともきみの新茶作りのようなものだね。大きな強大な歴史とか時の流れとか権勢とか、それは言ってみれば、まさに現実ではあるが、しかし虚妄と言っても構わないふしがあろう。まことは個々の人の心の自由にある。その自由は決して強大ではないまでも、花びらのようだと言ってもいい。きみたちのような若い人々はもう強大な権勢や歴史などにかかわってはおられまい。時代を生き延び、逃げ切ることはだれしも必須だが、まずは個々の一生だけで精一杯なのだから。わたしだってそうだった。おお、そう言えば、わたしの田仲の庄の甥の一人も、時代を生き延び、逃げ切ろうとて、武門だから避けられないが、鎌倉へと移住する。その新天地がどのようであるにしろ、生きる喜びが頼りなのだ。わたしとて大いなる自然の神羅万象の行う契りの他力を思うものだが、きみの言うように、まずはきみの吉野と言うべきだろう。そこにこそ他力はある。
秋篠は膝をただした。そして、今日の訪れが最後になろうかと涙ぐみながら、出逢いの御礼にもと言い、西行上人の歌をそらんじた。

風になびく富士のけぶりの空に消えて行方《ゆくゑ》も知らぬ我思哉《わがおもひかな》　西85

西行は、ああ、ああ、と声をだした。そうだった、たしかにそうであった。人は恋の歌と理解したがったが、さあ、そんなものではない。再度のみちのくの旅のときのことだった。これもまた、わたしの命成けりの歌だった。すべてが過ぎ去ったが、長良殿、まだまだ、わたしたちの思いは果てしないことだ。してきみたちはあとどれほどのともに生きる歳月が広がっていることだろうか。
秋篠のそばに控えていた若妻の吉野が萌黄色の小袖の脇から篳篥を取り出して、夫の長良に目混ぜしてから、螺鈿《らでん》を鏤《ちりば》めたその黒い縦笛を吹き始めた。
風になびく　富士のけぶりの　空に消えて　行方も知らぬ　我思哉
篳篥の調べはまるでことばそのもののように聞こえ、富士の噴煙の煙が空に消えていくように吹き流れて行き、帰って来なかった。まるで誰も帰って来なかったように縦笛のひびきは消えて行った。西行は遠い昔が思い出されたのだった。洛中の外祖父の屋敷に行くたびに、今様の歌に添うように篳篥が吹かれていたものだった。まだまだ、行方もしらないのだ、このわたしの思いは。わたしとは、と西行は思った。この、我思哉、この三文字だけが、わたしではなかっただろうか。そして眼前、まるで自分と自分の妻がここに現れたとでもいうようにかすんで見えていたのだった。

3

この春もまた終わったのだった。花が幻となって消え去ってしまうと西行はひとりぼっちだった。このような孤独は生涯においてすべて越えてきたことではあったが、ことにこの春の終わりは、最後の別れのようにさえ思われた。

春を経て花の盛りに逢ひ来つゝ

御裳濯河歌合の六番の左歌にすえたこの歌がふっと口をついて来て、下の句の、

思出《おもひい》で多き我身なりけり

に落ちたその瞬間、西行は明け方の夢の後ろ姿がさっと甦るのを覚えた。その後ろ姿が自分自身というより、自分と化したすべての過ぎ去った時間の姿だったのだ。それはそうだろう、俊成卿が「……思出おほきといへるより、月をながめて年の経にけるといひはてたるは、今少し勝り侍らむ。」と右歌、憂き身こそ厭ひながらも哀なれ月をながめて年の経にける、を撰びこの左歌を採らなかったのは分かる。採らなくてよかったことだ。ここにおいて我身なりけりと、感傷している場合ではなかろう。西行はその後ろ姿が、在りし日の北面の武士の自分のようでもあり、またその正面はいまこの老いにある自分自身ともその顔が見えるように思い出されたのだった。

西行は叱咤した。さあ、行け、最後の旅ぞ、さあ、躊躇なく旅支度して行け、羇旅、辺土の行脚、身を捨てて無常を思い、道に死ぬるも天命なりと、けだし数百年ものちにわたしのこのような老いをみなろうて行く者も出ようではないか、さあ、行け西行、夢に告げられたとおぼしき幽谷を探し、そこで病を養って今一度帰り来ませ、西行はその声にびっくりしていた。再び花の盛りに逢いに来ようではないか。自身の激痛が走り動こうとしない左脚に猛烈な痙攣が突っ走り、硬直し、その足を自らの両手で力まかせに屈服させて立ち上がった。衝立にかけておいた太杖にすがり、右手を厨子に乗せた。立け、西行よ、行け、円位上人よ、いや、ノリキヨよ、鉄の草鞋を履け、草庵にて斃《たお》れるなかれ。西行は左脚を丸太棒のように立たせ、棒を振りまわせ、霊力を起こせ、そう呻きながら、やがて激痛が引き、膝立ちにもなり、旅支度のためのあれこれを取り出した。

ちょうどその時、夜明けの竈に焚き柴を運んで来た嵯峨山が、西行上人のおそろしげな声を聞き、庵に顔を出した。さらに亀のように首をのばし、這うようにして西行上人の前に出た。

西行上人がいまは温和な気色で、最後の旅に出ると言うので、嵯峨山はその夢の発意の一部始終に耳を傾けた。嵯峨山はただちに同意した。西行上人が夢に見たという幽谷は、嵯峨山に覚えがあったからだった。猟師仲間だけが知っている山霊の谷だった。そこに間違いがないかどうか嵯峨山はその幽谷の姿を西行上人に尋ねた。いや、鞍馬などではないし、鳥野辺の峠越えでもない、吉野奥山のようでもあったが、そうではないふしもある。大きなまどかなる一つ山を越えて、そこから谷底に下りて行く。その谷底に美しい渓流が流れている。谷底の東はまた山に遮られて、百丈の滝が落ちていた。満月がかかっていた。満月の下にみたこともないようなお堂があった。いや、お堂と言ってもなかなか大きなつくりだ。その中央に雲突くような漆黒の大日如来像がおさめられていた。わたしはそこに籠っていたのだ。そうだ、澄み切った秘湯の湯小屋があった。そこで山のけものたちが湯あみしていた。

西行がそんなふうに思い出して言うのを慎重に聞きながら、嵯峨山は言った。おっしゃる通りです。わたしが旅のお供をいたしましょう。なあに、稲田はお姥《ばば》にまかせても大丈夫です。わたしが道案内をいたしますが、さて、あそこまでの旅立ちとなると、半日は支度が必須です。駄馬ですが馬を用意します。それに二輪の荷車です、馬に曳かせます。山道は並大抵のものではありませんが、荷車を馬に曳かせたなら、大丈夫です。西行上人はその荷車にお乗りください。荷車には莚を敷きます。それに米も必要です。たっぷりと積みます。秋までになるやもわかりません。

おお、嵯峨山よ、絹も携えよ、と言い、西行の喜びようといったらなかった。

わたしの歌はすべて終わった。この夏は夢に現れた幽谷で何も思わずにこの身の病を養いたいものだ。かつては心を養うための旅先ばかりであったが、あなたの言う通りだ、このような丸太棒のごとき脚ではどうにもならない。わたしはふたたび立ちあがって帰って来よう。そうとも、都にも、慈円座主の青蓮院にも、この先に待っている旅先はある。足萎えの如くにしてまかりこすわけにはいかないではないか。

嵯峨山は自信たっぷりに請け合った。三月《みつき》も湯につかっていれば必ず歩けるようになります。足萎えだとてみなそれなりに治って下山しています。いいえ、民間にはとても知られていない幽谷です。猟師仲間だけで知っているのです。はい、夢に現れたお堂と言うのもまさにおっしゃる通りです。はい、主はいます。はっきりしたお名と素性は秘しておられて分かりませんが、何分にもかなりの高貴なお方か、さなくば相当の修行者のお方かと、わたしらは、山霊翁と呼んでいますが、まことに幽谷の主にふさわしいお方です。お会いなされば何もかも明瞭となりましょう。はい、お年はと言うと、もう九十路にかかったあたりではありませんでしょうか。

あわただしく旅立ちの支度が始まった。そうと決まると、西行は自分の萎えたような浮ついていた脚が地に着く重たさを感じ始めた。しかし嵯峨山は言った。だめです。荷車に曳かれて、ひさびさの旅を思うぞんぶん楽しんでください。一生幾何ならずと何やら寿ぐ口ぶりながら、上人様は一日一刻とて閑居しとったためしはないではありませんか。だめです。ことばだけでは身が腐ってしまいます。

嵯峨山はたまによいことを言う。ことばだけで生きては、心も腐るかな。こころがすべてことばで動くものでもあるまい。ことばにならないほどのもので心は動く。西行はほとんど着の身着の儘で旅立つだけのことだった。定家卿の判詞が届くにはこの秋までかかることかも分からない。あれが来るまでの旅と思うことにしよう。もし万一思いがけない早さであったなら、慈糴が訪ねて来ようから、やきもきすることはない。出家遁世と言ってもここまで来れば、友なる善き人々はみんないなくなってしまったが、わたしはどうやら、これで逃げ切ることができそうではないか。

庵のまわりはもう若葉が黒ずむほどの山は大きく成長し、空気は生気に満ち満ちて西行の心身を包んで来た。

4

初夏の若葉が匂った。西行はよいしょ、よいしょと自分に声をかけ、自力で土間に降り立つが、その先は嵯峨山が支えた。庵の前庭の山桜に合掌をして、柴垣の木戸に手をかけた。小さな雲たちが小舟をうかべて小さな西行を見下ろしていたが、こちらには雲たちの方がひどく小さく見えていた。

すでに荷車が用意されていた。これかね、と西行は笑った。まるで野辺送りの荷車といったところだった。いや、小舟といったところだね。片手の太い杖を荷車の艫《とも》に添えた。西行は可笑しくてならなかった。秀郷流流鏑馬《やぶさめ》の秘伝を会得した若き日の自分が、いまにして、このようなかわいらしく肥えた駄馬に曳かれる荷車に身を横たえるというのだから。流鏑馬の鍛錬のときの駿馬は、はるかみちのくの産の漆黒の南部駒だった。

それからが難儀だった。嵯峨山が、西行上人様、よろしいですか、さ、一気に行きますよ、ほれ、と大きな声を発して、一気に西行を荷車に押し上げた。西行はまるで甦るがごとくにして荷車の莚の上に横ざまになった。嵯峨山は大きな掛け声をだした。思った以上に西行上人が重かったのだ。ふー、ふー、と嵯峨山は息を吐いた。二輪の荷車の車体が上下に揺れた。くね曲がったつくりの轅《ながえ》が上にあがったので、馬が首を伸び挙げた。首にぶらさげた土鈴がシャランシャランと綺麗な音を出した。

　駄馬の尻が来るあたりに籾《もみ》俵が積まれていて、そのうえにも莚《むしろ》と布がかぶせられてちょうど西行の枕のようにしつらえられていた。馬はひどく小柄だったが、足腰は太くてがっしりしていた。蒙古馬の流れですから、山道ならお手のものです、ねばりづよく、ぶれずに、一歩一歩ふみしめて歩いてくれます。嵯峨山の母屋脇の馬小屋にいる灰色斑《ぶち》の馬だった。嵯峨山はアオと呼んでいた。おい、アオ、きょうは西行上人様を曳くのだから、勝手に道草を食うんでないぞ。嵯峨山は手からアオの鼻づらにあてがって特別に籾《もみ》を食べさせた。西行の枕の脇にはアオの飼葉袋が両側に置いてあった。

　西行は進行方向に、馬の尻に頭を向けてこの小舟に乗ることになった。近くの棚田で畔の草取りをしていた農婦らが急いで下りて来て荷車に集った。嵯峨山の老母が腰を曲げながらやって来、西行上人を拝むようにして、無事を祈り、経木《きょうぎ》につつんだ黍団子《きびだんご》を差し出した。みんなは、西行上人様、と口々に言った。早生《わせ》が実るころまでには帰られてくだっしゃれ、と口々に言った。老ゆればかくのごとしだ、と西行は応じた。折につけ天気のいい日には西行がこの辺りの棚田の道を、杖突きながらゆっくりと歩く姿を見知っていたのだった。あかね蜻蛉《とんぼ》が稲架に来るまでには帰って来られっしゃれ。田に水をまかす頃は、よおく、西行様は蛙がお好きで見飽きずに見て笑っていなさった。

西行はもうどうとでもなれとばかりに、荷台の莚にあおむけになって空を眺めた。このように空を見たことはなかった。草地にあおむけになった気分だった。雲雀がどこかで落ちていったようだった。膨らんだ投げ編みのように鳥たちが空を展開していた。鳶が一羽遊弋《ゆうよく》していた。颪はさやさやとやって来た。現世とはこのような大自然そのもののことだ。嵯峨山の掛け声で馬は動き出した。嵯峨山は轡をとっていた。轡の綱をゆっくりと揺らした。

動き始めると、嵯峨山は西行上人に聞こえるように大きな声で、道のりについて言った。まず里山の平地から野道をゆるゆる上り、峠越えをして、そこまで一里、それから山に入ります。もう猟師か炭焼き、近江木地師《きじし》たちしか行きかわない山道ですが、道はある。水が出れば道は岩が出ている。そこを荷車で越えるのが肝心なところだ。大丈夫です、倒木で橋をかける。アオならやれます。そこは上人様に一二度は荷車を下りていただいて。あの山径はこの荷車一台の道幅です。谷底には背負子たちが食糧を運ぶので大丈夫です。あの登りを登りきると、大きなまるくてなだらかな山の草地に出ます。さあ、そこからが下りです。九十九折《つづらお》りの下り、左手が山側、右手が千尋の谷、道幅は荷車一台分、踏み外したらひとたまりもありません。雨の地滑りでもあったものなら、崖が崩れていることもあります。なにしろよほどのことでないと人の通わない幽谷ですから、しかもその谷底の渓流にすとんと着くまでにはもう一所難所があります。荷車はそこで止めて、それからは綱に手掴《たつかま》って、谷底の母屋まで伝い下ります。大丈夫です。猟師のわたしには手もないことです。まことに山霊《さんれい》にまみえるような庵とも申すべき幽谷とでも言いましょうか。

西行は、聞こえているのだかどうか、ゆらゆらと荷車に揺さぶられ、あるいは熊野の修行の旅の日々、あるいは大峰の修行など、きれぎれに、思い出されながら、眼には空に行く雲をただにうつしながら、まるで子供時代の田仲の庄の、高野山側の山地に戻って行くような感じになっていた。やれやれ、この荷車の荷台には手すりもついていないではないか。これではまるで棚無《たなな》し小舟といったところだ。登りの二里はよいよいだとしても、幽谷への下りは、まかり間違えば、千尋の谷底に落下しかねまい。もし砂礫の崖際で荷車の一輪がずり落ちたら、駄馬と嵯峨山だけでは曳くに引けまい。西行は遠くに嵯峨山の説明のうんちくに耳を貸しながらも、そのなんとか崖とかいう難所に来たら、わたしは荷車を下りて、杖にすがって、山際のえぐれた土層に張り付いた格好で自力で下りることにしたいものだ。

しかし、その幽谷の亭主とは一体何者であろうか。逢うてみたいことだ。荷車が急にがたついたように大揺れに揺れた。どこがどうつながったのか、西行はもう一番の難所のがけっぷちにさしかかり、あっという間もなく荷車は滑りやすい砂礫に右車輪が滑ったのだ、荷車がぐっと右に傾いたまま動けなくなった。西行は左手真下に千尋の谷底を見た。若葉の盛んな盛り上がりの隙間から白い渓流が白蛇みたいにくねって流れているではないか。西行は万事休すだと思った。荷台が傾ぎ、体は崖際に動き、片方の車がずるっずるっと一寸ごとにずり落ち傾く。嵯峨山が、曳け、曳け、と叫ぶ。アオが必死にこらえている。嘶《いなな》きまであげている。それ、曳け、曳け、その瞬間だった。どこから現れたのか、バラバラと人が駆け付けて来て、輪に綱をかけろ、それ、曳け、曳け、それ曳け、せーの、せーの。

西行を覗き込んだひとびとの顔は、さいしょは猿《ましら》に見えたが、しだいにその顔は、若々しい慈円座主、慈糴、秋篠、それから定家、俊成卿、そのうしろには鳥羽院、そして尼の堀河局、若き崇徳院、いやもっといる、江口の里の遊女の妙。祖父、それからずっとうしろには、尼になった妻と娘がおもしろそうに、悲しそうに笑っているのだった。それが曼荼羅絵図になって揺れた。

嵯峨山が大きな声で言うのが聞こえた。それで現《うつつ》に帰った。

西行上人、いよいよ幽谷の山に入ります。大時化《おおしけ》になりますよ。アオ、ひるむな。棚なし小舟ですよ、投げ出されないでください。

西行は夢から覚めて、元気な声で応じた。分かった、分かった、人生いずくも棚無し小舟だ。

5

母屋の居間に招じ入れられたとたん、その仄暗い室の匂い、そのたたずまい、黒ずんだ調度、室の窓よりに切ってある囲炉裏、その板の間の材質のたしかさ、川の音、蔀の窓の飾りに、これはいつどこのことであったろうかと西行は、母とお供の者たちといつどこでだったか、日がな一日の旅をしてたどり着いた誰ぞの山家の宿りであったように思い出された。母屋にくぐるときは長い庇がはりだしていて、その庇に護られた土間の土は滑らかな石のようでもあり、土間に沿って渡り廊下が回っていたのだった。湯の仄かな匂いがたちこめていた。

嵯峨山は勝手知った者のように、お連れ致しました、という声をあげ、西行上人に腕を貸し、共に居間にあがり、二人は窓辺よりの座に坐った。藍色布の小座布団がならんでいた。窓辺に寄せて大きな座卓があった。西行は疲れた足だが正座した。坐するには痛みはなかった。

嵯峨山の声に、おお、おお、という寂びたいい声がしつつ、西行たちの坐った真向かいの仄かな暗がりから、この幽谷の亭主と分かる翁が、まるで腹這いのようになって、なお、両足を大きな魚の尾びれのように動かしながら、禿げた頭首をもたげ、顔を上げ、柔和な笑みを満面にうかべながら、移動して来たのだった。その一瞬のような長いゆるやかな時間のあと、主は右手を座卓にかけて、そのまま身を起こし、膝を折って正座した。眼窩にはくろぐろと大きな目玉が笑みをうかべて輝きを増した。

翁は午睡でもとられていましたか、と嵯峨山は亭主に言った。そうじゃ、ついつい、よき眠りに誘われてしまった、と主は答え、眼を細めて西行を見、まれなる客人の音《おと》ずれに心がしずかに漣をたてているように見えた。西行が挨拶の一言を発するより早く、嵯峨山がことのしだいを矢継ぎ早に述べた。それから、忘れていたとでもいうように、慌てて立ち上がり、馬のアオを谷底まで連れて来て飼葉をやり、母屋の離れの厩に休ませねばと、西行を一人にして飛び出して行った。

西行は幽谷の亭主と二人で向き合った。亭主の翁は別に寡黙というわけではないのだが、なにやらここいらの自然草木とか石とか、川の流れとかいうように、空気のように、うっとりとしてあたたかな静けさの姿だった。正座しつつも、左手は袖のなかに隠れていた。右手は座卓におかれ、親指と人差し指がこころなし引き攣って曲がっていた。

西行はあれこれと思いが去来していたので、ことばがいらなかった。ここまでの道すがら、馬休めに荷車を止め、持参の黍団子を食べ、竹筒から秋篠の茶を喫して、西行は嵯峨山から幽谷の主の話を聞いていたのですこしも驚かなかった。はい、四十の声を聞いて、突然に思い立ち、この幽谷に草庵を結ぼうと、僧でもないにかかわらず信心の篤ければこそ、一人幽谷に入り、今のような幽谷の秘湯を開発なさった。いや、聞くところによると、荘園領主の御曹司とかで、十代の終わりかたに神経の激痛が止まず、四肢までもが次第に萎えたそうですが、幽谷に籠って、秘湯のご利益で麻痺もほどよくなり、こんにちまで長寿を全うなされているとのことです。たしかに、秘湯のご利益はおどろくものがあります。わたしの猟師仲間の一人も、熊にやられた腕が見事に動くようになったものです。湯治にたった三月《みつき》ですよ。

西行が疑問を呈すると嵯峨山はいくらでも能弁だった。この世にはまだまだ知られない神羅万象の秘密が隠されておるのです。老病死というものは、もちろん自然のあたりまえの因果ですが、同時にそれは自然によっていくらかはどうにでもなろうという証拠ではありませんでしょうか。生死は自然が握っているが、その癒しもまた、それは自然の中にあるということではないでしょうか。

西行は山に吹く初夏の風にそよがれながら、荷車の莚舟《むしろふね》のうえに身を起こし、冷たくて濃い緑茶を啜り、嵯峨山の話に耳を澄ませた。三千里までとは言わないまでも、生涯に行った回国修行の旅先で、自分は嵯峨山のようなことばの雄弁さを持つ人々にどれだけ出会ったことだったろうか。真の善知は、貴族貴顕や高僧たちだけの手に保持されているのではない。善知の落穂は拾い集められてこのような人々の心の糧になっているのだ。はい、幽谷の主は、最初は、幽谷に世を遁れ来たって、財に任せて杣人や猟師らを人夫に雇い、足萎えの自分は、もっこの篭にのって、開発を指揮したそうです。ええ、もちろん、妻子はあります。妻だけは夫に寄り添って、幽谷にともに棲みつき、亭主の翁を支えてもうかれこれ五十年近くになるようです。まあ、しかし、子らはそれなりに家督を継ぎ、娘たちもそれぞれに縁づき、孫子も生まれ、おりおりに、春秋には翁に逢いにやって来るのです。おお、五十年も何をなさって生きておられるかですって、いや、わたしにはさっぱりわかりません。谷底の霊人といったところです。おほほ、霊人とは一体何を仕事となされておるのやら。まあ、死ぬるお稽古でもなさっているようにも見えますが、いや、とてもそうとは思われませんなあ。あのような不便な身であっても、いつぞやは、コオロギたちが寒くて冬を越せないのではないかと、湧き湯の近くにコオロギの宿を作ってやったとか。板切れやら藁屑、枯葉を集めて。わたしが若かった頃の翁は、まだ頑健で、杖突いて歩き回り、大日如来堂で日々お経三昧でありました。猿どもが山から出て来て、亭主の肩にてんでに乗っかって、それは騒々しいものだった。猿までが経を唱えるとか笑っておっしゃっていました。一度だけ覚えていますが、都からそうとうな偉い貴族のお方がいらっしゃられたことがありましたが、歌のやりとりなどをしていたのを覚えています。いや、今は歌など詠まぬでしょうがね。山霊にでもなられたのでしょうな。

西行は視界の効く山道の荷車の上で、嵯峨山に訊いた。で、わたしはどうなるのかね、どこに住むのか。母屋かな。嵯峨山は答えた。いいえ、上人様は格が違います。清流むかいの滝の近くに、一つ草庵があります。大日如来堂の少し上のほうですが。滝つぼのまわりはそれは見事な橡《とち》の林になっています。橡の実はみんな滝つぼに落ちて、また流れていきますが、それを栗鼠たちがせっせとひろいあつめるのです。

なるほど、それで効能のあるというその秘湯はどうなのだ。嵯峨山は答えた。母屋には土間の向かいに内湯があります。草庵のある滝つぼの近くにもうひとつ湯壺があります。木小屋にしてあります。猿も来るし、冬には蛇たちも来ます。滝つぼから湯冷ましの水を引いているので、その樋をつたって湯船にやってきます。西行は言った。なるほど、で、冬はどうなのかな。嵯峨山は感に堪えないと言ったような声をあげた。自分は熊射ちは致しませんが、おお、冬こそは、それこそこの幽谷は己が即身成仏ものののような、ま白き無の境地でしょうか。いやいや、浄土はこのようであろうかと思うような、はい、母屋に、ただひとすじの煙のぼるばかりです。

嵯峨山が母屋に戻って来て言う。馬のアオは離れの馬小屋に繋いで来ました。翁様、と嵯峨山は言った。伯楽《はくらく》の雇い人はよく働きますなあ。畑も随分広がった。作物も見事でした。瑞々しいミズの緑、里芋につる瓜、蓮池までとは。渓流沿いの露天風呂小屋も立派になった。ちょっと足を延ばして来ましたら、湯治の病人たちもちらほらと緑陰の河原で煮炊きなどしておりました。極楽です。まあ、いい景色で眼の保養になりました。湯治小屋も、まるで高野山の房のようでした。

一瞬、西行は自分の眼前から、今いたはずの翁がふっと掻き消えたように思ったが、すぐに、眼の前で亭主は白い山羊ひげを左袖のかくれた手でしごくようにして笑い、その笑いがいい声のことばとなって、西行に入って来た。

お久しゅうございます、円位上人、わたしはあなたの歌が好きで、この幽谷で一人そらんじておりますよ。現世で一度お会いしたいと願っていた思いがここに成就するとは、まあ、この嵯峨山猟師さんのおかげです。

この亭主の最初のことばに西行は吃驚した。がっしりとした骨格の上体はまるで武門のようだった。そして禿頭は渓流に洗われてすべすべに磨かれた美貌の骨相だった。下顎の骨がすこしゆがんで見えるが、剛毅な口元だった。

6

この初対面のことばが渓流の飛沫《しぶ》く音とかさなって、西行のなかに入って来た。果てしなく渓流の水は流れ去ってはもどって来ているように白く渦巻き、岩にかぶさってまた滑り落ち、翁の声が遠のいた。西行は坐したまま自分の身がその流れの岩のようにどっしりと大きく成りあがり、眼の前の亭主の身が小さな岩に成っていて、そこに白いましらが坐しているような錯覚に襲われたのだった。そのましらの発したことばのように、翁のことばが聞こえた。

おお、こちらからお逢いしにと思えども、このようにわたしは動かれない身でした。今は、たしか元治四年でしたか、となればもう八百年、八ももとせも過ぎ来たりましたが、それでもなおわたしはこのような山霊もどきに成りまして、あなたのお歌をしかとそらんじてわが歌としてきいて楽しんでいる身です。ははは、西行上人、あなたはわたしよりもう八ももとせも若きお方ですが、なんとこうしてお逢いがかなってみると、わたしが八ももとせもあなたのもとに戻って行ったというようなことでしょうか。

何と、八百年だって、いかにも面妖なことだ。西行は眼前の亭主がふたたび大きな岩に成り、しっかりと坐し、左手を袖に隠したまま、歌をそらんじるそのいい声に耳を澄ませることになった。あなたのお歌です。たしか詞書によれば、入道寂然大原に住侍《すみはべ》りけるに高野よりつかはしける、とあったように覚えています。

亭主は左の袖先で白い顎ひげをしごくようにし、眼を閉じて、そらんじた。歌の中にその身のままごとに入ってしまったようだった。それはちょうど、物の影が物の上に光のせいで写ったとでもいうようだった。亭主の姿はその写りのようだった。それがそっくり生きたままで、歌をそらんじたのだった。

山深み馴《な》る、かせぎのけ近《ぢか》さに世に遠《とを》ざかるほどぞ知らる、 山1207
山深み入りて見《み》と見るものはみなあはれ催《もよほ》すけしきなる哉 山1206
山深み榾《ほた》切るなりと聞えつ、所《ところ》にぎはふ斧《をの》の音かな 山1205
山深み小《こ》暗《ぐら》き峰の梢《こずゑ》よりもの〱しくも渡る嵐か 山1204

亭主は実にゆっくりとした時間の流れに浮かぶようにして声に出していた。居間に戻って来た嵯峨山はと見ると、神妙にして、頬杖まで膝に突くようなかしがった姿勢で聞き入っているではないか。まさにまさに。鹿ですな。わたしどもとて美しき鹿を、かせぎと呼びます。まさにまさに。奥山に入ると見るものがなにもかにも、どんな景色を見ても、あはれの心が動きます。感に堪えません。まさにまさに。薪の木を切る斧の音の聞こえるにぎわいほどほっとすることはありません。この静かさの救いとも申しましょうか。まさにまさに。峰の梢を渡って来る嵐の風は、いかにも物々しく、まるで人のごとくに恐ろしかるべきです。

嵯峨山の、いつのまにこのような賢《さか》しらなことばを言うようになったものだろうかと西行は可笑しく頷きながらも、はたしてこれがほんとうに自分がかつて詠んだ歌なのだろうかと、その明瞭な判断が薄れていったのだった。亭主がそうそらんじているのだからそうには違いないのだが、こうして聞かされてみると、ただただ見えて聞こえる景色をことばで写している影のようなことばではあるまいかと思われたのだった。たしかにこれは高野山中の草庵暮らしの折の歌には違いないが、何かが不足だ。その不足とは一体何か。ふむ、あはれ、と詠むのはよいには違いないが、その、あはれの実体は、そう思うわたしの心にしかなくて、この歌のことばは、みな物の影のようではないか。わたしはすべて影ばかりをことばによって残して来たとでもいうのだろうか。本体はわたしの心のうちにしかないのだろうか。あはれ、あはれ。わが歌は、このあはれのゆえにこそ幾千幾万の木の葉のようにことばをついやし、敷き詰めて来たのか。嗚呼、唯心房寂然とてもうこの世にあらずではないか。歌はこのようにただこの世の形見とでも言うべきか。西行はゆくりなくも思い出されて、寂然が深秋にわが高野を訪ね来て、深秋紅葉のあはれを詠んだではないか。あの方らしく、時雨が来てもっともっと紅葉の色を濃く染めよと。

　亭主の右手の窓から緑陰の陽ざしがきらめいていた。翁は一拍をおいてから、ふたたび西行歌をそらんじた。

山深み岩にしだるゝ水溜めんかつ〴〵落つる橡《とち》拾《ひろ》ふほど　山1202
山深み苔の莚《むしろ》の上《うへ》にゐて何心なく鳴くましらかな　山1201
山深み窓のつれ〴〵訪《と》ふものは色づきそむる櫨《はじ》の立枝《たちえだ》　山1200
山深み真木《まき》の葉《は》分《わ》くる月影ははげしき物のすごき成けり　山1199

わが歌をこのように深山幽谷の谷底に今いてあらためて翁の声によって聴いていると、艶やかな愛らしくも清らで屈強な橡の実を拾い集めた閑居のことも、苔むした岩に坐っているましらが鳴いていたことも、ヤマウルシの櫨《はじ》の木の高い枝だけが色づいてわが庵の窓を音ずれるのも、うっそうたる杉の葉越しの月影のすごさも、ふたたびここで出会えることだと思ったのだった。

かたわらで嵯峨山が、西行上人、ここにはみんなあります、橡の実も、ましらも、山ウルシも、迫立った山杉も月も、と呵呵呵と笑い声を出した。嵯峨野の山里の比ではありません。新しい高野とでも思し召せ。

ひとつの言い淀みもなくそらんじ終えた亭主は眼を開けた。大きな瞳で澄み切っていた。翁が言うのだったが、物の形はおぼろにかすんで見えるだけで、耳が眼の役割もしてくれていると言うのだった。

西行は謝辞を述べた。こうして翁にそらんじていただいて聴いていると、これは、とてもとても俊成卿の言われるような幽玄にも、あるいはまた若い定家殿がめざす有心《うしん》にも、その妖艶美にも、添いかねるようですね。先ず、観想の深さ、それがいまだに透徹しているとは聞こえまいことでしょう。みずからが、ことばであわれと言いきってしまうのだから、ましらも橡の実も、真木の葉越しの月影の凄さも、窓を音ずれる紅葉した山ウルシの枝も、困ってしまうでしょうね。やれやれ。わたしのことばは、その本体をあらわしてくれてはいないのかもわかりませんね。本体はそっくりわたしの心に残ってしまっているように思います。わたしのことば、歌のことばは、ほんの一部分。その一部分でもって、わたしの心をさし示しているにすぎないかとも思われます。

西行の方に耳をそばだてるように顔を横にした亭主が、いかにも、と言ったようだった。いや、だからこそあなたの歌は生きているというべきでしょう。完成された歌ほど、それがいかに秀逸であろうと、所詮は作り物、心のまぼろしとでもいいましょうか。いや、美しいなきがらとでも言いましょうか。人の口にも上り、人の知にも上りますが、それはわたしらのような者たちのことばではないように思います。

西行は深く謝した。翁は小用を催したのであったろうか。翁の呼ぶ声で、母屋の奥の方から、媼の妻女が腰を低くしてやって来て、西行と嵯峨山に低くお辞儀をした。このたびはこの上もなく結構なご喜捨をいただきまして、まことに嬉しく存じましたと、低く低く謝辞を述べ、髪は白く、小柄で、しっかりした地に根付いたような体躯で、亭主に手肩を貸した。

西行たちは離れの小屋から案内にやってきた伯楽の大男に導かれて母屋を辞した。飛沫をあげて流れている清流には木の吊り橋が架かっていた。揺れる橋を渡り終えると、真っ白いひとすじの滝が両側に濡れて輝く若葉の中に見えた。西行には水音が聞こえなかった。

次に大日如来堂の屋根が見えた。嵯峨山のたすけをかりて、川石をならべた石段をよいよいと登っていくうちに、お堂のさらに上のあたりにぽつんと草庵があった。たんぽぽの花のむれがたのしげにあそびほうけていた。大男は言った。湯小屋は、あすこだという指さしをした。なるほど、柾葺《まさきぶ》き屋根の湯小屋から湯けむりがうっすらとあがっているようだった。嵯峨山が言った。西行上人、まかないは母屋から運ばせます。

西行はお堂の前を過ぎがてに、物凄い巨大な大日如来像が中に坐っておられるのがそれとなく分かった。

おやおや、さてと、庵というのはまことに草深くて、深草百合の花が咲き乱れ、頭をこごめて中に入ってみると、小さな洞窟ででもあるかのようだった。そして滝の音が何とも言われない静けさをもたらしていた。嵯峨山は旧知の大男に伯楽、伯楽と大きな声で用事を言いつけ、草の庵のしつらえを整えた。こんなむさくるしさで、と嵯峨山は言った。恐縮しているようではないが、と西行は笑い、これが当たり前だと言い、すっかりくつろいだ。なんだか嵯峨山はこれが西行上人とのお別れにでもなるように一瞬思った。かならずお迎えに参ります。日に一度はあの伯楽がやって来てくれましょう。それから嵯峨山は日が沈むのをおそれて、あたふたと帰ることになった。西行は草の中に立って、見送った。見送られた嵯峨山は泣いていた。

10章　山霊

1

　気がついてみると西行は、はてと訝しんだが、それはもうどうでもいいことで、ここが一体どこの国のどこの郡の幽谷であるのかその名はなんであるのか、思い出すことができなかったし、また自分の方から聞くのも間が悪いと言うようなことではなく、どこであれどのような名であれ少しも構わないことだと思ったのだった。夕餉の頃合いに質素な山の食事を運んでくる伯楽の大男に、それがとても遅い時刻だったので庵はわずかな木蝋の灯しだけで人の顔もさだかでなかったが、ふと、この幽谷の名を尋ねてみたところ、ただただ無言だった。こちらの声が全く聞こえていないようだった。しかし明るいときには、大きなにっとした笑顔で声が返ってくるのだったから、これはどういうことだったか。毛深きヒゲに覆われた大男は、ムムム、とだけ答える。

　西行がこの幽谷に籠ってから日々は、一枚一枚、木から葉をつむようにどのような変化も出来事もなく流れた。西行の日々の日課というべきものはなかったが、ただ一人起居するその所作がどんなささやかなものであれ、心の日課のようであった。幽谷の上にぽっかりと空いた空を雲たちが越えて行くと、心はその雲になったし、長雨が続いてくると、西行は方丈の庵に坐したまま雨脚の音に耳を澄ませながら、いつまでも雨音に聞き入り、ふっとした瞬間に自分が雨脚になってそこいらを歩いているように思った。滝つぼの脇に橡の林がものすごい空をむいた穂状花を満開にさせると西行は、方丈に居ながらにして花の浄土とはこうであろうかなどと思った。眠気がおそってくると西行はごくあたりまえのように横臥した。蝶もあぶない蜂も、獰猛なスガルも紛れ込んだ。やぶ蚊だけは困りもので、西行は夕べになると大男からかりうけた蚊帳を方丈の片隅に張った。幽谷の外の現世が今どのように移ろっているのか少しも気にならなかった。

すべては終わったのだ。すべてが新しく始まるのだから、それなりの変転は行われていようが、それらは自分の管轄下ではないのだ。ここでは、滝が時には消音して流れ落ち、飛沫に若葉から妖艶に黒ずんだ緑にかわり、花はとっくに終わり、もう一年を逃げ切るとでもいうようにそれぞれの結実をおそらくは何万年ともかわらない実の形をまもりぬいてか、きそって実らせているのだった。滝つぼにはもうはじけた橡の実が数珠状になって渦巻き打たれては浮き沈みしていたし、苔を裂け目に繁殖させたすべすべした岩肌は遠目にもまるで人肌のようでさえあった。時間が、日々が、月が、確実に過ぎ去っているのは、夜半に眠られずに月を眺めるときだった。どれほどさまざまな場所で月を眺め、月の思いを歌に詠んで来たことだったか。見ていると、月に、ことにめぐりくる満月のときなどは、心ごと吸い込まれるのだった。凄まじくさえあった。

西行のもっとも確かな日課は、大日如来像のいますお堂で経をあげることではなかった。大日如来は自分のなかにいてこそだろう。彼方ではあるまい。心の中の億光年の彼方で照応しているのだ。お堂の前を過ぎ、湯小屋へと通うことだった。足の萎えは少しだが回復してきているのが分かった。庵で自力で起き上がるときは、経机に手をかけて立ち上がり、それから杖にすがり、一歩一歩と歩みをすすませ、かたつむりとでもいうように、敷いた川石の感触を草鞋底でとらえながら、湯小屋へといたるのだった。湯小屋の湿って柔らかく渋い引き戸をあけるのが楽しみともなった。ここの湯小屋にはほとんど人が来なかった。病を養っている湯治の人々は夏でさえかぞえるばかりで、川向こうの簡素な屋根がかかっただけの露天風呂で間に合っていたのだった。

西行は日課として、日に三度だけ、この木小屋の湯の引き戸を開けた。明るいうちは歩行も危なくなかったが、夜になると漆黒の闇のなかを、敷石の川石を杖でたたくようにして、丹念に歩いた。

来る日も来る日も、ただ一人湯小屋で鉱泉だといわれる透き通った湯につかりながら、西行自身は思った。ただただ、自分というのは、思《おも》ひ出《い》で、その器のようなものだったのだ。もしここでことばを発して歌に詠むならば、明瞭な形に生まれ変わるのだろうが、ここではそれらの思《おも》ひ出《い》でるあまりの混沌が、時空の見境がないくらいに一体になっていて、それを個別に小分けしてとりだすわけにはいかなかった。西行はただただそれを雲の流れか何かのように感じているだけだった。意思的に思い出そうというのではなかった。なにかの拍子でふと思ひ出でるもの、思ひ出でることが、西行の心に満ちて来る。それはこの木小屋の湯底から湧き出している源泉と、樋で外から川の水をとりいれているその水との葛藤のようでさえあった。夜に灯りをともして湯に頭を浮かべていると、自分がほんとうに生きているのか死んでいるのか自分でも分からないのだった。ははは、この秘湯に倭《やまと》建命《たけるのみこと》がつかって、傷めた脚をいやしたとか大男が教えてくれたが、それは伝説というものだ。わたしは伝説ではない。わたしは逃げ切ってここまで来たただの人だ。しかしそんなことを思い出すと、やっと西行は、おのずと湧き出して行方が分からない自分の心に、ふっと道ができるのだった。

2

風立ちぬと歌に詠んだのはいつの日のことだったか、西行の夏は過ぎて行った。いや、そんなことはないと西行は思った。夏の西行一人が過ぎ去られただけのことだった。幾夏幾冬を過ぎ去ったか、一生幾何《いくばく》ならず、来世は近きにあり、と嘯《うそぶ》いて閉塞と乱世を逃げ切ったはずではなかったか。

現世《うつしよ》の命の業欲がうみだす歴史と言う名の虚妄のすべて、見るべきものは見たと、その果てがここだというのか。まことにわたしは見極めたと言えようか。わたしの小さな一生が、そのような大きな歴史の一齣であろうなどと思ったこともあるまい。自伝ほどそらぞらしい虚偽もなかろう。故にわたしに自伝などあろうはずがない。わたしの行はすべて心においてのことだからだ。事実や資料で到底つかまえきれるものではない。

人とは欲から情へとよく言うが、わたしの情は慾へとむかうこともなかったではないか。しかし浄土への慾のあかしでなくてはならなかった。わたしの歌は情の浄土でなくてはならなかった。

風立ちぬ、とただ五音一句詠んだところで、わたしは自然の情を顕そうとしたものだったが、それ以外ではなかった。これを何千たび唱えたところで、風の永劫はびくともしなかった。このようなところに自伝も資料もあったものではなかろう。わたしには、ただ、風立ちぬ、と詠み、唱え、歌い、束の間を凌《しの》ぎ、その哀れを抱きしめて、それで歴史を逃げ切ることが出来たのだ。

しかし、と西行は思った。乱世を逃げ切るのは出来たとしても、人の老病死をどうして逃げ切ることが出来ようか。それは誰一人不可能だったではないか。あるいはわたしの老いたる今のさまを覗き見て、西行は円熟した、歌も然りだと言うに違いないが、いや、わたしの円熟とは、命を成し遂げて、死の命に入ることだと思うのだが、はたして、死による来世という浄土をわたしは生きることができようか。

夏の終わりが来ても、たしかに足萎えの病は徐々におどろくほど癒えて来ていたが、西行の思いは堂々巡りを繰り返していたのだった。ほとんど人と会うこともなかった。言ってみればわたしは誰にも告げず、旅先だったのだ。訪ねて来る人もいなかった。あれほどの人恋しさの、宴好きの、明朗諧謔の、かろがろしくさえ振舞うことの多かりしわたしが、もう、人恋しく思う事さえなかったが、しかし心はどなたか一人二人には逢いたいものと思い、思い出され、そのどなたかというのもつかまえようとすると、行く雲のようだったのだ。

この幽谷の老亭主にも会うことがなかった。会わずとも思いが照応しているように感じていたからだった。翁は日々、膝を折って坐し、渓流の音に耳を澄ませ、時の流れるのを待っているらしい。まるで重荷をいつおろせるのか、そのときのほっとした安堵を待ってでもいるのではあるまいか。病を生き切って、それでも悔いが残ることを、何と言うべきであろうか。あの方こそ浄土がふさわしかろう。ただ一度だけ、それがどなたの供養だったのか、篠突く雨の日に、縄編みのもっこに乗せられて、大日如来堂に来たことがあった。

伯楽の大男と杣夫が二人、ずぶ濡れになりながら、僧衣の翁を御堂に導き入れたのだった。わたしはゆくりなくも湯小屋を出たところだった。誰もわたしに気がつかなかった。誰が護摩焚きをしたものやら、お堂の脇をそろそろと歩みながら、わたしは火の匂いを深く吸うた気持ちになった。読経は雨の音に消されていた。

ある日、嵯峨山が荷を背負ってやって来て、その日のうちに帰った。都の報せをそこそこに伝えに来たのだった。西行は尋ねた。定家殿からなにか便りがないか。はい、宮河歌合の判詞ですね。なしのつぶてです。西行上人、催促をなさったらどうですか、と嵯峨山は言った。いや、まだだ、まだ早かろう。あれに加判となると、定めて定家殿はわたしの挑戦とでも思うて、慎重に慎重を重ねているやも分からないことだ。わたしのような歌の川をどのような大河に加えたらよかろうかと、立場上、それは苦労して困惑しているのであろう。わたしの歌の川の水の濁りの中から、きれいな水だけをご自分の歌の川に加えようとの思いがあることだろう。あはは、わたしの歌体は古郷の紀ノ川のごとく、いつなんどき洪水で流れを変えるかわかったものじゃない。定家殿はとっくに気づいておられよう。わたしの歌に、どんな危険があるかも分かっておられよう。それだからこそわたしは若き定家殿の加判が待ち遠しくもある。やがてわたしもしびれを切らして、催促をすることになろうかな。しかしまだその時ではない。

嵯峨山からの嬉しい情報は、慈櫂と秋篠が、ふたりで秘かに、西行上人に捧げる歌合を行っているらしいという話だった。これに西行は子供のような笑顔になった。ほう、わたしに奉納とはまたすごいことだ。二人は一体何を考えているのかな。嵯峨山は言った。はい、ほら、秋篠長良は秋にはいよいよ富士の山の国に移住するのです。それで、別れの宴にもと二人は歌合をして、西行上人に捧げて、旅立ちの証ともなしたいというのです。有難くも迷惑なことだが、わたしは神仏ではないから、好きにやるがいい。西行は可笑しくてならなかった。二人とも、わたしの歌を擬《もど》くというのだね。ははは。うれしいじゃないか。孫のような世代の若いのがよりによってこのわたしの歌を擬くか。何が出てくるものやら。いいえ、西行上人、いいですか、あの二人を侮《あなど》るわけにはいきません。あの若さです、少なくとも五十年先まで時代を生き抜いたなら、どうなるでしょうか。二人は、貴族の堂上歌壇の歌には何の未練ももっておらないのです。西行上人の歌を引き継ぐのだと言っていましたよ。それがまた、慈円座主が寛大なお方ですから、唆《そそのか》しておられるようです。

西行は自分に弟子筋が生まれるのかと思うと可笑しくてならなかった。よいよい。人とは待つ者の謂いだとすれば、来世とは、死の来世もあろうし、生《いき》の来世もあろう。二人はこの後者を待つのだ。そうさなあ、あの長良はどう見ても、生の来世にあっては念仏宗を抱きしめて、けだしみちのくの奥地までその果てまでとあのかわいらしい妻を苦労させてでも行くことであろう。歌が役にたつこともあろう。わたしの歌は、生きる杖だ。

この話題は夏の日の最良の音ずれであった。嵯峨山は、いつお迎えに来るべきか、また秋深くなった頃に参りますと言って、帰って行った。

西行のひと夏は寂しかった。まるで最後の夏とでもいうように雲は果てしなく幽谷の上を流れ去った。馴れてしまうと静寂としか思われない蝉時雨もやんでしまった。蛾たちの群れの婚礼の狂騒も瞬く間に死骸になって終わった。

幽谷の母屋の金色の毛並みの大きな猫が時折、西行の庵にやって来て経机にねそべり、また夜になると山に出て行った。

西行はことばを失っていった。ことばは人とではなく心のことばと交わされているだけだった。思い出だけが一生であったとでもいうように、心の中のことばはしかしながら実は雲をつかむようなことだった。物象も出来事も、それは限りなく厖大過ぎて、一体どこから触れていいか分からなかった。その契機がなかった。川のように流れていた。ほんの一部分だけがちらと水面に浮かんでいるに過ぎなかった。しかし、その代わりとでも言うように、足萎えの病が癒えてくるのが感じられ、身と心のつりあいがとれてくるように感じられていた。左脚が動くようになって来た。

この夏の最後の満月の晩に、なにかに呼ばれるように思って、それは、夜の自然の神羅万象の宴のさやぎのように心中が波立ち、そして消えていったのだったが、何者かに、それは山霊の形代《みがわり》だったのか、その見えない姿に誘われるようにして日課の湯浴みにと月明かりを頼りに湯小屋へと下りて行ったのだった。

煌々たる月明かりゆえ、灯りは不要なくらいに明るかった。西行は湯小屋の引き戸をゆっくりと引き、いつもの夜の沐浴のように、麻衣を脱ぎ、棚におき、広い湯つぼに身を沈めた。湯底は川の丸石がでこぼこしていた。湧き湯はあふれるばかりにみちて清らかな音を立てて縁から流れた。引き水の樋からは冷まし水が遠慮がちに流れ込んでいる。西行は首一つになってしばらく目をつむっていた。そのとき湯が少し波立った。心中になのか、眼になのか、西行は誰かの首がもう一つ浮かんでいるのがぼんやりと湯けむりの中にあったように思った。はて、と西行は訝しく思わなかった。母屋の側の湯ではなく、ここまで吊り橋を渡ってだれかが特に入りに来たのだと思っただけだった。

すると人の息がもれるように聞こえて、その声が西行上人に話しかけた。西行は初めて人の声を聞くような気がした。すこししゃがれ気味の品のよい美しい抑揚の、みやびな言葉遣いだったことに西行はさらに驚いた。瞬間、それが女人の声だと分かったのだった。いやいや、山霊の女人だなどと聞いたこともないことだ。西行は耳を澄ませた。聞こえたが顔は見えなかった。と言うより、西行の眼にぼんやりと見えたのは、顔の半分が闇で覆われたような顔だったからだ。その声は言った。西行は聞いた。

はい、さる上人様が内々に籠っておられると聞きおよび、やもたてもたまらず、このように一緒の湯小屋にお邪魔いたしました。わたしは峰から下りて参った者でございます。不治の病を癒している身ですが、どのようにしてわたしはこの先生きて行けばよいのでしょうか。業だと言えばそれだけのことですが、わたしは生きようと思っています。浄土に行くためではありません、この現世で生き抜きたいのです。このような身でも、生きて生きてこの命を燃やし尽くしたいのです。その先が何であるのか、浄土であろうが地獄であろうが、それはわたしの感知できないこと覚悟の上です。わたしはいまを生きる道を見つけ出したいのです。

西行はその声が少しそばに来るのが湯のさざなみで分かるように思った。その声が西行には死の声なのか生の声なのか判然としなかったが、まちがいなく命が求める声だった。西行は問い詰められているように思った。この声に応えなくてはならない。わたしは試されている。西行は思った。夜のうちに子蛇が樋《とい》の水をつたって湯に入って遊んでいたらしい。西行の胸にその感触が触れて離れた。西行はその手の凝固したような手指をそっとつかんだ。女人の影が泳いでくるようだった。

西行は言った。あなたの病がどうして業などであるはずがありません。高い病ということもあるでしょう。不治だとてみな原因があってのことで、どうして業などと言えましょうか。そのままでよろしいのです。願わくは少しでも心が平安であれば、病はただ病と名付けられた気難しい旅の道連れ。それは当たり前のことで、敵としてみなすべきではないのです。そう言いながら西行は、哀れさに胸が締め付けられた。悲しみの悔いが心中にもがくのだった。

西行は言っていた。はい、わたしはひと一人救えずにこの齢まで来てしまいました。悔いるにも悔い尽くせぬ思いが苦しいのです。自分は自分のためにのみ逃げ切ってここまで来たのですが、そして多くの歌を詠むことで逃げ切ったつもりですが、気が付くと、しかし、ひと一人も救えずに来てしまったのです。もっともいとしいものをも、置き去りにして来てしまったように思います。そのようなわたしがどうして上人と言われましょうか。誰かを、ただ一人でも助けるために、その老病から救い出すために逃げ切ったはずのわたしは、結果としてたとえようもなく無力だったのです。誰かを救うための歌を詠んで来たのですが、わたしは一体それで誰を救い得たでしょうか。

もはやわたしは歌を断つ起請を行って、もう歌を詠むことはできないのです。来世でわたしが歌を詠むのなら、そのわたしの歌は、どのような業の老病さえも癒せるものとなるでしょう。

しかし、どうして来世でわたしは歌が詠めるでしょうか。来世とは死の管轄下であって、歌は呼吸ができないことでしょう。となれば、わたしはこの現世を頼ることしかないのです。分かりました。わたしはあなたを救い出しましょう。わたしの歌のことばで、あなたの心を救い出しましょう。人はどのようにしたところで最後の時はさけられないのです。現世がこのように過酷で苦しくて生き難いからと言って、苦のない浄土に期待をかけすぎるわけにはいかないのです。最後の最後までこの現世の命を生き切って、そのことで死が支配するならば支配するに任せよですが、しかしその時、死はなかろうと思います。思ってもみてください、心はその人一人のものではないのです。その似姿が、間違いなく、だれかに、いとおしくも心の残る人に写されるのです。ちょうど柄杓で水が移されるようにです。あなたには、いまあなたのことばが、ないとしても、あなたの心のことばは不死なのです。蜜蜂が蜜を吸い、花粉を運ぶようにです。ですから、あなたはわたしである、というように心が言うのだと信じて間違いがないのです。これはただ血縁とか、同じ血の流れとかだけでのことではありません。他の人においても心が写されるのです。わたしたちは互いに蜜と花粉なのです。そしてあなたはわたしの形見であり、わたしはあなたの形見なのです。わたしたちはみな生の命の形見に他ならないのです。過ぎ去った日々、歳月にあなたが残したことばを思い出しましょう。それはまたわたしのことばでもあるのです。思い出すまでもなく、そのことばはあなたの友に、あなたと共に生きてくれた人とともに、死があってさえも、不死だと言うべきなのです。

そこで西行はふっと湯の中の夢見から覚めたのだった。

とっくに満月は小さく幽谷の天心にかかっていた。湯小屋の湯には西行一人が、身体というよりも、まるでことばの形見とでも言うように浮かんでいた。外では夏の終わりの風が立ち、湯小屋の引き戸を敲いていた。

3

瞬く間に秋がやって来て、山は黄葉紅葉に染まり、幽谷は花唇のように開き切った。一度だけ西行は秋の寒さにもかかわらず滝にうたれんかなと思ったことがあった。それほどに体力がみちてきたのだったか、左脚に激痛がおそうこともなくなった。すこしずつ西行は歩行を鍛えた。半生以上に渡って鍛えぬいた脚の筋肉はむかしを思い起こした。杖を離さず、西行は身を少しこごめるような姿勢で幽谷の低い襞山を渉り歩くようになった。母屋の翁をも折々に訪ねた。

この世の悔いについて翁は問うのだった。伯楽の大男や杣夫たちが採ってきた山の幸をいただくのだった。翁は自分のおおいなる数々の悔いはあの世に持ち越さないでこの世で荷をおろしてから行くというのだった。いま、円位上人、あなたは何が心残りかなと翁は訊ねた。そのくぼんだ眼窩はまるで薄闇の眼帯がつけてあるようだった。その皺ひとつない大きな額は岩のような静かな威厳があった。

西行は思い出された。はい、鉱泉のおかげで、このように動けるようになりました。わたしにはまだし残したことが幾つかあります。歌ではありません。逢うことです。わたしは高野の天野の尼村で庵暮らしをしている妻と娘に逢いたいと思っています。さあ、どうしているか。過ぐる春にもと思ったものでしたが、わたしの病が許してくれませんでした。これが最後の機会になるやもしれません。

あはは、ここに荷車に乗って来られたというのは、わたしを除けば、あなたが最初で最後でしょうな。わたしは四肢も強張った身で同じようにしてこの幽谷に来て、それから一歩もここを出ることなくこのような山霊もどきの身になってしまったが、妻があの歳で、もう一人のわたしとなってまるで仏のように慈悲の心まめやかに動いてくれるので、このように生きられる。一人ではとうていかなわぬこと。娘らもつつがなく心善き杣夫に嫁がせることもでき、孫も生まれ、わたしは十分に、このような病ながら、命に恵まれました。神仏のご加護でありましょうか。観ずるに、どうやら、西行上人は、円位上人と言うよりは、歌の情の方が勝りすぎて、いいえ、こればかりは人さまざま、どちらかと言えば、妻子のごときは捨て置きても恙無く生きていようかと一人勝手な偏見があるように見えます。そろそろ潮時でしょうかな。ええ、あなたが出家遁世したというお話は、あの当時ですから、まだわたしも壮年だったのですが、この幽谷入りした耳に届いておりました。天晴剛毅の武人がおるものだと感心したものでした。わたしは妻を捨てるわけにはいきませんでした。

それからもうどれくらいになりましたか。はい、かれこれ、五十年近くにもなりましょうか。そろそろ潮時でしょう。どちらにとっても五十年は、あれもこれもとあっても、一瞬の短さです。和解には、いや、これはまたぶしつけの言いざまですが、和解にはもう十分すぎる歳月でありましょうな。時というには、神仏の時もあれば、憂世の時もありましょう。どの時も大事ではあるが、神仏の時は、一生に何度も現れることはありません。

もう眼も見えないようになった亭主の白いあごひげが左手の袖でしごかれているのだった。いかにも仰る通りですね。わたしもここ三年、みちのくの三千里の旅を終えてのちも何思うにも、常日頃思いにかけている命題と言ったらば、可笑しいでしょうね。わたしはこのすべての旅において、まるでまだ見ぬ花を尋ねて下山の道に迷わぬようにと枝折《しおり》をこそ折って、帰るさの目印となしたものですが、わたしの旅の最初の枝折は、まさに若き日に、死ぬるは必定、この上は己の好きなように生きよと、出家遁世して別れたその妻子の枝折のあの小さな折れる音であるとも思っています。やがてのことわたしは帰りましょう。老いた妻に、老いた娘に、わたしは自分があの出家遁世の事業にも拘らず、このように老いたという姿を見てもらいたいのです。

翁は左手の袖をぎこちなくあげて笑った。いいですか、わたしの叔父はこの地では知られた和尚でしたが、少年時に突然発熱して病んだわたしを寺に引き取り、生きる術を教えたのち、ご自分では寺を捨てて、櫛引野の峰の奥山に籠った修行の後に、入滅致したものです。わたしの父はと言えば、これもまた正義潔癖の人で、他の罪をわが罪とみなして責任をとるとて、館で自裁したのです。わたしがそれらを見つつ、いかにして自分がそのような血筋の激情から逃げ出すかどれほど思い悩んだことでしょう。幸いと言うべきか、わたしはこのような大いなる忍耐のいる難病を得て、しかし、そのことで、たらちねの母がいかに泣き悲しんでくださったか、その涙を知るゆえにこそ、わたしはなんとしてでも生きる道を選んだのでした。幸いなるかな、わたしの妻はわたしを支えるべく遠縁の豪家からわたしのもとに来てくれたのです。いまわたしはこの幽谷の草花くらいのものと自分を思っているのです。いやいや、まずはこの清流の岩魚くらいでしょうか。いやいや、庫裡に胡桃《くるみ》をひろう栗鼠《りす》くらいでしょうか。

このように、西行は深まる秋の谷底の母屋で亭主と語り合ったものだった。

ある晴れた日のことだった。西行は足腰をさらに鍛えようと思い、もう少し深山に分け入ろうと思った。渓流伝いの林間に獣道が杣道となって続いていた。奥へ奥へと最後の紅葉を惜しむ木々の光のもとを行くうちに、思いがけない広大な河原に出た。急流だった渓流がこんな奥で、広々とした浅瀬川の姿で、その川の姿はまるで豪奢な色彩と文様をおりなした絹の打掛《うちかけ》のようにひろげられていたのだった。まるで自然が婚礼のために打掛を広げて神仏にこれみよがしに広げているような豪華さだった。西行は眼を瞠った。この川のありさまに西行は古郷の紀ノ川の蛇行部の浅瀬を思い出させられた。

その時だったが、西行は初めてのように片頭痛の発作を覚え、こめかみを強く押さえて、浅瀬川のきらめく上流を眺めた。眩しかった。それはまるで見たこともないような宋の外洋船の姿をして、河原のあちこちにそびえる巌をも蹴散らしながら、船首をのしあげるようにして西行に向かって来て、その宋船は横腹を見せたのだった。その甲板の縁にはたくさんの着飾った人々が並んでいた。船縁の欄干に手を乗せ、腕をのせ、乗客たちはこちらを無言で見下ろしているのだった、西行は茫然として見上げた。讃岐に渡る瀬戸の海にも、このような大船は見たことがなかった。いったいどこからこのような船が峰々を越えて来たと言うのだろうか。海から、川をさかのぼり、そして分水嶺にいたり、今度はそこから別の川に船を渡して、源流の狭い流れの両岸をおしつぶし倒しながら、ここまで下って来たというのか。乗客は老若男女、だれも声を出していなかった。しんとした沈黙の見下ろしがあるばかりだった。

西行はあわてて、岸辺のさらに浅瀬を漕ぐように退いて、この大船の全容を見ようとした。その位置に立ったとき、西行は、この渓流が二股に分かれていて、その右股の川が、もうすぐその近くで瀑布のようにとどろきながら落下しているのが分かった。ここで引き返さないと、この船は乗客もろとも瀑布に飲み込まれてしまうだろう。船が舷側を見せながら、その右股の大きな深い流れへと舵を切ったのだ。そして跡形もなく宋船の姿は掻き消えてしまった。櫛引野の峰が黄金色に輝いているばかりだった。老いたる者よ、行け、帰れ、という響きの聞こえる輝く峰だった。

西行は頭が割れるようなきらめく片頭痛と、視覚に現れた眼華《がんか》のひび割れに、かがみ込み、流れの水をすくい、瞼《まぶた》を冷やした。わたしをも乗せて行くつもりだったのだろうか。それから激しい風が立ち、あたりは木の葉の渦になり、立ったまま西行は木の葉に覆い尽くされた。

11章　風立ちぬ

1

　その日、西行の心は歌がおのずと湧き出て来るのを感じていたが、それだからどうというのではなく、歌のことばは空しいもののようにまた歌のことばはどこかへと消え去って行った。歌の思いと同時にむしろ回復した足萎えが西行の心をどこかへというような旅の動きをこそ誘っていた。高野の三十年だって、閑居し瞑想に坐するいとまもあらばこそ、とにかく遍歴の旅に、それが修行だと思い定めて自然と人々の生業の生きた姿に触れて自分の失った生活を感じ取ろうとひたすら経めぐったものだった。自分にとって美も、真も善も、歌のことばの世界だけで完結するものではなかった。ことばによる歌は方便にすぎなかったと言ってよかった。追いかけても追いかけても真善美は神仏の管轄下にあって、遥かだった。神仏のご加護なくばわたしの歌はただのことばのつらなりにすぎまい。わたしの歌がいったい誰に必要だろうか。わたしの歌によって生きる気力を得るような人がどこかに一人でもいるだろうか。

秋がすっかり深まった幽谷の底の小さな庵を西行は不意に思い立ち、今日にでもあわただしく出立することにした。老いの急ぎとでも言うべきかと西行は口に出して言った。よし。行くぞ。わが足は癒えた。鉄脚とまでは行かないが、大丈夫だ。嵯峨山は雪の降る頃に来るつもりだろうが、待ってはいられない。行こう。それでもかまわないことだ。わたしは一人で幽谷を去る。そう決心すると心身に再起の力が漲って来た。

西行はすべて身じまいを整え、幽谷の主に別れの挨拶をしに母屋に向かった。母屋の居間では幽谷の亭主の翁が、まるで予見していたとでもいうように西行を待っていた。

二人は向かい合った。渓流の音が清かった。吹き散らされた紅葉も黄葉も流れを染め上げていた。翁は手を隠した左袖で口元を拭くような所作をして言った。行きますか、円位上人。……山は越えられますかな。はい、大丈夫でしょう。足萎えはこの通り治りました。翁は山霊のような寂びた声で言った。わたしのような身でもこのように治るのだから、ましてあなたのような頑健な身では、治ってあたりまえです。ははは。ただし、用心をなされて、下山は、山越えではなく大事をとって渓流伝いがいい。わが伯楽に案内させましょう。ちょうどよい機会でもありましょう。あの豪傑は、実はあなたが歌の西行上人だと知ってからは、どうしても自分でも歌をどのようにして詠んだらいいのかぜひとも知りたいと言っていたのです。それも、ほれ、向こうの木小屋に病を養っている人たちがいますが、その人たちに歌を詠ませてやりたいと願っているのです。歌が心の救いになるのだとあれは信じているのです。

西行は驚いた。これはこれは。承りました。わたしの経験が役に立つのなら何よりです。渓流下りの旅のつれづれに歌詠みの話など申し上げましょう。別に秘訣などあるわけでないのですが、ああ、どんなにか歌で心が慰められるか。わたしの経験で分かります。

わが伯楽と言うのはあの耳が弱い大男のことだった。そんなことをあの大男は思っていたのか。もっと早く言えばいいものを。いかにも謙虚な大男だ。西行は大いに喜んだ。まるで若き日に、旅の同行者になった人々のことなどが思い浮かんだのだった。

翁は言った。いいですか、この渓流はおおきな二つの峰の間をぐるっと一回りしているので、まったく想像もつかない遠くまで届きます。舟も使えるところもありますが、万事あの豪傑にお任せなされ。蛇行もして、戻り川になったりとややこしい川です。いったい、どこへと出るのでしょうか。それですよ、わたしはこの身ですからただ一度だけもっこ篭に揺られて行ったことがあるが、とんでもない遥かな里に出る。あのときは、戦乱も、飢饉も疫病も困窮もそれは悲惨を極めましたが、それでもこの世の人々の生きるさまは極楽のように思われました。みな、心そのものが生きようとして悲しみを忘れるのに必死でした、そのさまを山霊と化してしまったわたしは見たのです。おお、このわたしの渓流がどこへ通じているかですか、はい、驚くなかれ、葛城山の麓へと回り込んでいたんです。

それを聞いた西行は驚いて声をあげた。そう言えば、どうして知らぬ間にここに来て過ごして来たのか、この幽谷のある地理もまったく覚えがなかったのだった。ただ幽谷という名に、それが正確にどこなのかも訊いていなかったのを思い出させられた。いや、嵯峨山は言ったはずではなかったか。

西行の禿頭は当然のことだが、耳の後ろにはなぜかまだ黒い毛の残りがふさふさし、口ひげと三角のあごひげは白く、もみあげの毛があごにかかるくらいに伸びていた。眉毛はふさふさと弧を描いて目尻の下までのびていた。翁の顔は西行よりもえらが張って眼窩が髑髏みたいに深くへこみ、視力の弱い眼球が大きかった。その青みをおびた眼が笑みをうかべて西行を見ながら言った。

いつでしたかな、あなたはおっしゃった。ここから渓流をさかのぼったところで、大きな船を見たという話だが、あれはあなたばかりではない。杣夫たちも見ている。あれは山霊たちの思い出です。身罷ったらこの峰に集まって来る霊たちが懐かしくてならず、一度立ち去った彼方の海から船を仕立てて峰を登り、ここまで下りて来る。そして二股の川でふたたび瀑布に消えていってしまう。錯覚ではないのです。霊が大気自然の中に透明になって満ち溢れているのです。でもいくら多くても、満杯にはならない。あなたのように、時としてそれが見えることがあるのです。古くから心に遺されてきたものが現れて見えてしまう。よくあることです。重さのある物とはまるでちがうような、透明な大気のような別界があって、そこで人々は生きているというべきでしょう。いや、わたしはそれを来世の浄土界などと言っているのではないのです。厖大な人々のこの世での思い出がそのような姿で顕われるときがあるということです。そうでなければ厖大なこれまでの人々は何のためにこの世に来たのでしょうか。ただの木の葉同然だったというのでしょうか。そうではありません。まあ、この辺りの杣夫や猟師でも、うっかりあの船に誘われて瀑布に攫って行かれた者たちもいます。それはそれでよろしいが、あなたのそのお齢ではまだちょっと早い。

西行は思った。高野山時代に、大峰の百日修行の峰行をはたした時にはそのような幻視は起こらなかった。ただただみなと共に修行を強行していた。それでもわたしは少しでもと思い、月を眺めては歌を詠んだ。あのような所では、浄土往復の船など現れるわけがなかった。体力の限界に挑む生命力に満ちていたのだ。

わたしもあの大きな船から無事に戻って来たひとりですよ。だからこそ生きた山霊なのです。そう言って翁は左手の袖で口元をおさえた。さあ、あなたとはこれがお別れとなりましょう。浄土でお会いすることがあるかどうかも分かりませんが、あなたはわたしのことを覚えておられるでしょう。わたしが滅する時は、これまでの重荷をおろして、さっぱりとした気持ちで浄土へと渡りましょう。どんな小舟かも分からないが。おお、苦の多き生涯なのです、各人みな同様なのです。

翁はこわばった大きな手の四指をかろうじて動かし、西行の手をにぎった。西行はそれを包み込むようにして握り返した。この指がことばだ、と西行は思った。その瞬間だった。そうだ、さあ、行け、西行よ。サトウノリキヨよ。おまえは渓流沿いに山を下り、葛城に出で、それから天野の里に出よ。そして妻と娘に逢うのだ。

もう西行の心は半日で至り着くとでもいうように渓流沿いに歩き出していた。大男の伯楽が支度をして現れた。山を渉る時雨のために二人分の蓑を背負って、まるで馬のようだった。

幽谷の翁は妻の媼の手をかり、土間の廊下まで這って来て坐し、西行に別れのことばを言った。あなたの歌に千年も神仏のご加護あれ。

2

ふもとまで唐紅《からくれなゐ》に見ゆるかな盛りしぐるゝ葛城《かづらき》の峰　撰62

尋《たづ》ねつる宿は木の葉に埋《うづ》もれてけぶりを立つる弘川《ひろかは》の里　撰63

あれからわたしはどこをどう歩いたか
心の中を幽谷の渓流は流れ　懸命に歩いた
そして紅葉の葛城の麓で伯楽とは別れた
葛城の峰はわが心となってさかんに時雨が渡っていた

わたしは天野の里に辿り着いた
見覚えのある小さな庵から煙がのぼっていた
庭は落ち葉に覆われていた
生垣で落ち葉を燃やしていた尼に声をかけた

おお　おまえはわたしの娘だった
幾つになったかも父のわたしは思い出せない
父よと呼ばず
涙を浮かべてわたしを西行上人と呼んだ

庵の一間にわたしの老いた妻が臥せっていた
わたしは長い旅から帰って来たよ

わたしの声に老いた尼は眼をあけた
わたしの声が分かったのだ

娘に支えられて半身を起こしてわたしに言うのだった
わたしが治ったら今度は
わたしがあなたを支えて歩きますよ
西行上人　いいえ　わたしのノリキヨ様

ふたたび妻は横になって眼を瞑った
わたしは妻の額に手をのせた
わたしは長い旅から帰って来た
あなたに逢いに　そしてまた旅を終えるために

あなたのまぶたから涙がこぼれた
わたしたちの運命にはかまわずに
さあ　あなたの旅を成就なさってください
わたしは明るく元気な声をだして感謝した

わたしの声に妻はうなずいた

わたしたちがこの世にあったかどうかも
やがて忘れ去られるでしょう
しかしあなたの歌は残りましょう
せめてその歌の余白でわたしたちもまた残りますように

おお　西行上人　わたしの背子《せこ》よ
あなたが入滅なされよう時は心で呼んでください
わたしはこの病から立ち上って
急ぎ娘と共に葛城の峠を越えましょう

老いた妻は新妻のように眼をとじた
わたしはふたたび妻と別れを告げた
最期のわれを看取ることなかれとわたしは娘に言った
娘は妻とおなじように涙を流した

そしてわたしはふたたび京へ
そして冬枯れの嵯峨野の庵へと急いだ
そして冬が来て
わたしはふたたび長い風《かぜ》を病んだ

春になってわたしは弘川寺の
空寂和尚に逢いたくなった
わたしは弘川寺の奥の小さな庵で春秋を癒そう
わが古郷の田仲の庄への道筋だった

わたしは嵯峨野から弘川寺までただ一人で歩き続けた
初夏の庵でわたしは病が回復した
わたしは定家卿からの判詞があまりにも遅いので
大神宮がまちわびていると催促状をしたためた

それからわたしは慈円座主をたずねて
比叡山の無動寺谷への旅に出た

慈円座主が待っていてくれた　あの慈櫂も
その翌る朝　わたしは無動寺の大乗院の放出《はなちいで》から琵琶湖を眺めた
わたしは思わず知らず歌が口をついて出た

にほてるやなぎたる朝に見わたせば漕ぎ行《ゆく》跡の波だにもなし　撰60

すると若き慈円座主がすかさずわたしに和して詠んだ

ほの〴〵と近江《あふみ》の海を漕ぐ舟の跡なき方《かた》に行心かな　撰61

慈円座主はわたしの行方のいかなるかと知っていたのだ
わたしは元気いっぱいで弘川寺の庵に帰った
そしてわたしは突然に体調が崩れた
待ちに待った定家卿の判詞の草稿が送り届けられた
わたしは嬉しさのあまり病の床に伏せながら三遍読み返した
人にも三遍読ませて耳に聞き

それでも心が揺れ
頭をあげてやすみやすみ二日かかって判詞を読み終えた

思えばこの秋九月に耳にしたではないか
平泉藤原氏が頼朝殿の大軍によって滅亡したと
そして二月になって不意に古きわが歌が思い出された

願はくは花の下《した》にて春死なんそのきさらぎの望月の頃

わたしの一生とは何であったのか
わたしの歌とは何であったのか
わたしを完成するのはいったいどなたなのか
眠れ　若き義清よ老いたる西行よ

命成りけり一瞬の光芒であるわれらみな
生きて生きて往けるものなり
わが歌はそのために在れ一粒の涙のために

山
77

12章　最後の春

1

慈櫂は心急《こころせ》き道を急いでいた。西行上人が比叡山に大乗院を訪ねた翌朝の様子をありありと思い出すにつけ、弘川寺までの道が急がれた。葛城山の麓をぐいぐいと急峻な峠を越えた。慈円座主とともに琵琶湖を眺めて最後の歌を詠んだ西行上人の声がよみがえった。漕ぎゆく跡の波だにもなし、と下の句の声が消え入るように幽《かす》かだった。湖面があたかも西行上人の心境のように聞こえたのだった。

慈櫂は今、慈円座主からの心配があって、葛城の弘川寺に草庵を結んで暮らしている西行上人に、伊勢神宮の外宮摂社《せっしゃ》に奉納する西行自歌合の草稿をお届けする任務だった。慈円座主が浄書をしたものだった。一日でも早く西行上人にお届けせよというのだった。

と同時に慈櫂はひそかなたくらみの喜びを隠し持っていた。それを思うと道が急がれてならないのも理だった。春の或る日に近江で別れを惜しんだ秋篠長良と二人で詠んだ自分たちの歌合の一巻を携えていたからだった。とにかく西行上人に見せて、読んでいただきたいという一念だった。秋篠は言っていた。へたくそでもいっこうにかまわない、ただ心が映っていればそれでいいのだ。歌は作るものではない。自ずと思ひ出でられるもの、それでなくてはならない。これは西行上人の歌から秋篠が学んだただ一つの態度だったのだろう。慈櫂は、そうではなく歌はもっと作るという意匠があってこそ歌の強さとなるべきだと常々思っていたのだった。その二人で歌合を愉しんで来たわけだったが、秋篠が近江を去るに際して、一巻が出来上がったのだった。秋篠も浄書の一巻を大切に携えて遠い駿河の海やまの国に旅立った。それも、心映えも器量もなんとも上品な新妻をともなっての移住だった。慈円座主の下でまだまだこの先十年も修行に邁進しなくてはならない慈櫂にはこの俗人の歌友が羨ましくもまたほほえましくもあった。

二人で相談し合い、この生まれて初めての自分たちの歌合には、西行上人に捧ぐる近江の海やま歌合、と命名した。われらこそ真のもっとも若い西行上人歌の血脈《けつみゃく》にあり、と意気を盛んにしたのだった。いいかい、われわれは神仏のご加護いかんではあるが、少なくともあと三十年、いや、運良ければ、四十年は生きのびられようでないか。その時のこの世の景色を思っても見よう。その時にこそ、われらのいかな拙い歌合であっても、生きて西行上人の御鶴声を聞き得た者として証ともなるのだよ。秋篠は例によって涙をためて言った。この世でお会いできたということだけでもどれほど生きる力ともなることか。

秋篠長良は妻と二人、別れに南無阿弥陀仏を唱え、琵琶湖を小舟でたち去った。慈櫂は湖畔の葦の岸辺で見送った。

いま葛城の弘川寺へと急ぐ慈櫂の笈《おい》の中で、西行上人に捧ぐる近江の海やま歌合の一巻が、西行上人のもとへと急ぎ旅をしているのだ。ああ、西行上人はこれをごらんになったら、いったいどんな苦笑をおみせになることだろうか。

二月初めの葛城山の峰にはちらほらと早くも山桜がほの見えていた。

2

近江の海やま歌合

一番

左　持

遠江《とほとうみ》の国へと罷り越すに際して

秋篠

妹伴《いもつれ》て春のわかれの近江かな行方も知らず小舟消え行く

右

慈櫂

春なれや滋賀のさざ波恋しけれ葦原に来て一人手を振る

左歌、移住にのぞみ古里の近江の湖《うみ》に漕ぎだす思ひに惜春うららかなり。詠み手舟にあれども、その小舟を高きより見つめるごとし、心を残す。右歌、妻伴う友を、一人残され湖岸にて送る。いづれも心深きあはれの情に、歌の優劣やあるべくもなければ、持と申すべし。

二番

左　持

山ばとの鳴きてさぶしも胡桃《くるみ》落つ谷の小川の誰《たれ》拾ふ哉

右

笹栗のこぼれ落つるか山鳩の鳴けば笹漕ぐ人の寂しき

左歌、山鳩の鳴く声によりて胡桃落つるとも聞こえる寂寥なれど、さぶしもとて聞きなれぬ詞ならん。右歌、笹栗の落つる音のかそけさと笹漕ぐ人の葉擦れの音と、寂びしさ重なれり。左右歌いづれも、幽玄をやぶるごとき人の介入ありて、歌の調べ、人臭きならん、ゆえに持と申しはべらん。

三番

左

雪繁《しげ》み深山《みやま》ぬらして三月のその峰を行く春の尼かな

右

小笹分け山に入りしも道の無く鳴く鶯の残り雪落つ

右歌の、初句の言いざまをかしきも、無くと鳴くをかけたるなど稍々も煩わし。左歌、山濡らす雨と、人の如く峰をわたりゆく春の尼とまで言い、かかる音の転意の作為はよろしからず、ゆえに判詞を加えず。

四番

左　持

そのむかし童子は我も罠かけて雀子獲りて羽を捥《も》ぎしも

右

冬うさぎ殺《あや》めて帰るわが背にぞ山霊重し吹雪渦巻く

右歌、殺生せるはいまだ童子なるべし、その背の重き温もりを忘れずと言へるか。山霊の吹雪を起こし給ふか。苦しき歌也。左歌もまた小さきものの殺生也。悔ゆる心あらばと読むとも、持と申すべし。

五番

左

奥山に訪ね帰りしその道のみそらに浮かぶ葛の花はも

右　勝

郭公の声を待てども音絶えて待ちゐて峰に雲のおり来る

左歌、みそらなるは、身空と御空を掛けたるか。葛の花は高くつるをまきてのぼる也。葛の花はも、となすつぶやきに下山の人の心なを哀れ。右歌の風情、寛大にして閑雅あり。左歌情の切なれど右歌の閑雅勝となさん。

六番

左

風立ちぬ夢立ち来ませ過ぎし日に花を捧げて旅をぞ急ぐ

右　勝

風立ちぬ道に斃れし知方《しるべ》とて聖《ひじり》となりてもいかに残らん

左右歌、初句を合わせて詠むならん。風立ちぬ、の初句は、西行上人の本歌取りと見ゆ。いづれも新たなる旅心の衝迫切ならん。さあれども、右歌の、道に斃れて塚となれるさまは、道しるべには益すれども、かかる聖の旅を嘆くにおいて、右歌の訝しむ思ひによりて、右歌稍々も勝となさん。高野聖の末路を偲びて余りある也。

七番

左

夢に来てともに語りし在りし日を年長《としたけ》けてこそ涙し流《なが》る

右　勝

夢に来て我をたすけて歩まんと身を顧《かえりみ》ず崩れおつ哉

左右歌、初句にて唱和あり。夢に歳月甦り、左歌切なり。右歌は、なを情深きなり。強ひて加判すれば、我をたすけて、の心映えゆえに、右歌勝と申すべきなり。

八番

左　持

腰曲げて秋は来にけりわが身にも木槿《むくげ》花散る命成《いのちなり》けり

右

なにゆゑにかほどの花の咲きめぐるすゑをも知らず咲く喜びを

左歌、秋来るを腰曲げてと言へるは擬人化なれど、むくげの花の本朝に来たりし旅を偲べば、あはれ一入《ひとしお》成。右歌の嘆きまた、あまたの花の咲く喜びを讃えて明朗成。両者ともに優劣あるべくもなし。よつて持となさん。

九番

左

白波の寄せ来る浜の白砂《しらすな》に旗《はた》ばたらめく苫屋《とまや》愛《いと》しも

右　勝

烏賊《いか》売りの媼《をうな》なつかし海やまを越えて下ればて生きてありけり

左歌の詞、ばたらめくは可笑しきなり。はためくの濁音ならん。右歌これに唱和して、烏賊売りの海女に逢うとして、再会を嘉《よみ》し、よき哉。右歌を勝と申すべし。をうなは、をみなの音便の音なれど、をみな老ゆる白髪を思はせて、歳月いとほしき成《なり》。

十番

左　持

いたどりのかなしきさがを身にかさね大鎌持ちて山渡せむ

右

弔《とぶらひ》に招かれゆけば一つ家に通夜の共寝の月明かりかな

右歌は、定めて賤《しず》の宿りならんか、月明かりありて救われん。左歌は跋扈する命の力おさへがたく若気あり。左歌の共寝の幽明の静かさを稍々も良しとなすが、作為ほの見えるによりて、両歌、ともに持となす。

十一番

左　勝

しなのきの花の下《した》にて眠りゐて旅の人かと馬頭観世音
右
若き日のいとも小さき入り江にて旅のをはりに海鳴りを聞く

左右歌、ともに慎ましき羇旅歌なり。左歌、しなの花の盛りに逢ひて午睡するも、その木の根方に古色なる馬頭観碑ありしか。右歌は旅の終わりに海鳴りを入り江に聞くとて、旅情切にして真すぐなる調べなれど、左歌の碑より声聞こえて可笑しければ、勝と申すべし。

十二番
左　勝
秋の日の海遥《はる》かにも見ゆるかな二度下るなき山越しなれば
右
農婦らや稲の山田に円居《まどゐ》して茶を恵みつゝ笑ひさざめく

左歌と右歌まさに唱和す。右歌は左歌の結果のごときか。左歌に命豊かな農婦らの声聞こゆるも、左歌の下の句、二度下るなき山越し、てふ詞ゆえに思ひ深く、勝と申すべし。

十三番

左　持

越え来れば夏や愛《いと》ほし過ぎ去りて冬の声する春の峰かな

右

老いらくの夢の果てにて思出《おもひい》でたまゆらの如《ごと》去年《こぞ》の旅路は

左右歌、詠み手はいづれも若けれど、たまゆらの時の早きこと老いらくを、すでに抱きしめているかに聞こえ、愁ひ深きなり。強いて勝ち負けの加判に及ばず、持となさん。

十四番

左　勝

声あげて旅にし病めば励ましをさもあらばあれともに行かまし

右

生きのびる心のすべのあるものとやすらけくあれ祈る思ひは

左歌、思ひ強く聞こゆ。旅に病むは必定のしぜんとおぼゆれば、励ます同行の声ぞ以心伝心、たがひに心水を汲む。右歌の思想明るし。祈るはことばなれば、ことばの霊にすがるならん。左歌の、ともに行かましの心によりて、勝となさん。

十五番

左　勝

たまゆらの旅のひびきを聞き澄みて急ぐなかれと手寄《たよ》りとどけん

右

君が春近江《あふみ》の水のいのちなり空より高く咲き匂ふらめ

左歌の作者は秋篠長良、右歌の作者は比叡山青蓮院の近侍僧なる慈櫂。十五番の歌合を西行上人に捧ぐと意気込めども、その歌未だ作為見え、まことの歌はこの遥か先にありと言へど左勝と申すべし。

以上、十五番歌合、懇請されてここに判詞を記せるは、慈櫂の歌友なる陸奥平泉中尊寺より遣わされて修行研鑽中の、延暦寺堂僧雪雀なり

文治五年吉日

くどう まさひろ

1943年青森県黒石生まれ。北海道大学露文科卒。東京外国語大学大学院スラブ系言語修士課程修了。現在北海道大学名誉教授。ロシア文学者・詩人・物語作者。

著書に『パステルナークの詩の庭で』『パステルナーク　詩人の夏』『ドクトル・ジバゴ論攷』『ロシア／詩的言語の未来を読む』『新サハリン紀行』『ＴＳＵＧＡＲＵ』『ロシアの恋』『片歌紀行』『永遠と軛　ボリース・パステルナーク評伝詩集』『アリョーシャ年代記　春の夕べ』『いのちの谷間　アリョーシャ年代記２』『雲のかたみに　アリョーシャ年代記３』『郷愁　みちのくの西行』『西行抄　恣撰評釈72首』『チェーホフの山』（第75回毎日出版文化賞特別賞）『〈降誕祭の星〉作戦』等、訳書にパステルナーク抒情詩集全7冊、7冊40年にわたる訳業を1冊にまとめた『パステルナーク全抒情詩集』、『ユリウシュ・スウォヴァツキ詩抄』、フレーブニコフ『シャーマンとヴィーナス』、アフマートワ『夕べ』（短歌訳）、チェーホフ『中二階のある家』、ピリニャーク『機械と狼』（川端香男里との共訳）、ロープシン『蒼ざめた馬　漆黒の馬』、パステルナーク『リュヴェルスの少女時代』『物語』『ドクトル・ジヴァゴ』など多数。

1187年の西行
旅の終わりに

2022年2月10日初版印刷
2022年2月25日初版発行

著者　工藤正廣
発行者　飯島徹
発行所　未知谷
東京都千代田区神田猿楽町2丁目5-9　〒101-0064
Tel. 03-5281-3751 / Fax. 03-5281-3752
［振替］　00130-4-653627

組版　柏木薫
印刷所　モリモト印刷
製本所　牧製本

Publisher Michitani Co. Ltd., Tokyo
Printed in Japan
ISBN 978-4-89642-657-1　C0093